Horst Radmacher

AF139247

AMERIKA ZUM NULLTARIF

Roman

Edition Earthwind

Zum Buch:

Ohne einen Cent ein Jahr lang durch die USA zu reisen - das ist der Einsatz, den Olaf Menzel bei einer Wette mit seinem Freund Gerald Volkmann erbringen muss. Das mittellose Leben außerhalb der amerikanischen Überflussgesellschaft gewährt ihm dabei Einblicke in die Lebensart der Amerikaner, die dem normalen Reisenden versagt bleiben. Die scheinbar grenzenlose persönliche Freiheit beim Ausleben dieses Roadtrips verwandelt sich für ihn in ein Leben voller Zwänge, als er sich im Netzwerk einer obskuren Sekte verstrickt. Bald geht es nicht mehr um Befriedigung alltäglicher Bedürfnisse, sondern um die Abwehr lebensbedrohlicher Gefahren.

Der Autor:

Horst Radmacher, geboren 1948 in List auf Sylt, bereist seit mehr als dreißig Länder aller Kontinente. Die vielfältigen Eindrücke dieser Reisen sind in umfangreichen Fotosammlungen dokumentiert. Im Jahr 2011 erschien sein erster Roman, DAS ANDENKREUZ. Es folgten (2012) AMANDAS GEDBURTSTAG und (2013) MORBUS MONITUS. In all seinen Büchern erzählt er spannende Geschichten vor der abenteuerlichen Kulisse exotischer Reiseziele. **Horst Radmacher** lebt und schreibt in Neustadt in Holstein.

„Freedom is just another word for nothing

left to loose"

(Kris Kristofferson * 1937 - aus: BOBBY MC GEE)

Impressum
© 2014 Horst Radmacher
Edition Earthwind
Design und Layout: H. Radmacher
www.spannendes-buch.jimdo.com
Herstellung und Verlag
BoD - Books on Demand,
Norderstedt
ISBN 9783734737275

◆

Eine Parkbank über der steilen Uferkante des Santa Monica State Beach. Die Temperatur in dieser frühen Stunde des Tages war angenehm. Eine milde Brise, angereichert mit würziger Meeresluft des nahen Pazifiks, umfächelte die zu dieser Tageszeit noch wenigen Spaziergänger und Jogger auf höchst gefällige Weise. Eine friedvolle Stille lag über dem Strand mit seinen sanft anrollenden Wellen des in der Morgensonne glänzenden Ozeans. Für fast jeden Normalurlauber der ideale Ausgangspunkt, um sich nach einem üppigen American Breakfast auf einen Ferienaufenthalt in Kalifornien einzustimmen. Für mich galt das nicht. Ich hatte zwar solch ein opulentes Frühstück hinter mich gebracht, war aber nicht in der Stimmung, mich freudig auf einen unbeschwerten Urlaubstag einzustellen. Es waren einerseits die Umstände meines Aufenthaltes hier, die meinen Gefühlszustand dämpften; andererseits war es mein Befinden nach einer schwer durchzechten Nacht, das keinerlei Vorfreude auf einen sonnigen Strandtag an der kalifornischen Südküste aufkommen ließ.

Vor weniger als einer halben Stunde hatte sich mein alter Freund Gerry von mir verabschiedet und war nun auf dem Weg zum *Los Angeles International Air-*

port, von wo aus er seinen Rückflug nach Deutschland antreten würde - ohne mich.

„Überlege es Dir nochmal. Noch kannst du mit zurück."

„Nee, lass mal gut sein. Nun zieh ich das Ding hier durch. Das kriege ich schon hin. Wir sehen uns."

Ein kräftiger Händedruck, ein schiefes Grinsen, das war es dann schon.

So ganz wohl war mir allerdings nicht zumute, als ich Gerald Volkmann mit diesen Worten verabschiedete. Es lag nicht an einer spezifischen Bockigkeit, oder war auch nicht dem übermäßigen Alkoholgenuss geschuldet, dass ich ihn wie verabredet alleine ziehen ließ. Es war vielmehr die mir eigene Beharrlichkeit, Vorhaben, die ich ernsthaft zugesagt habe, bis an die Grenze der Selbstzerstörung durchzuziehen. Und eine Vereinbarung dieser Kategorie hatte ich getroffen; für mich gab es kein Zurück.

Das war die wenig erheiternde Ausgangssituation, in der ich in die kalifornische Morgensonne blinzelte und die immer mehr Zweifel in mir aufsteigen ließ. Jetzt, da sich der Alkoholnebel allmählich verflüchtigte, holte mich die Realität ein und es kroch mir ein Unbehagen den Nacken hoch, wie ich bis dahin noch keines verspürt hatte. Nicht einmal nach meiner Scheidung. Und diesem unseligen Ereignis vor gut zwei Jahren gab ich eine gewisse Mitschuld an dem Lauf der Dinge, die mich letztlich in diese missliche Lebenslage gebracht hatten.

Meine Ex-Frau Claudia, neben mir eine der beiden

Beteiligten, war natürlich für die heutige Situation nicht direkt verantwortlich. Es waren seinerzeit vielmehr die Umstände einer zähflüssigen Trennung, die mich aus meiner gewohnten Lebensbahn geworfen hatten. Mein Dasein als zufriedener, oder wie es in meiner Umgebung meist geheißen hatte, spießiger Familienmensch, wurde innerhalb weniger Monate völlig auf den Kopf gestellt.

Ich lebte bis dahin, wie ich meinte, sorgenfrei mit Frau und zwei Kindern in einer norddeutschen Kleinstadt. Das Reihenhaus war fast abbezahlt. Ich liebte meine Frau wie eh und je und ich fand tagtäglich Erfüllung in meinem Beruf als Gärtner, in dem ich für die Anlage und Pflege der städtischen Parkanlagen zuständig war.

Seit meine Frau wieder einen Halbtagsjob in einem Steuerbüro ausübte, hatte sie meiner Meinung nach eine interessante Abwechslung vom häuslichen Einerlei gefunden und das zusätzliche Einkommen machte uns den Alltag leichter. Unsere beiden Kinder, Julia und Matthias, befanden sich zu der Zeit in der Berufsausbildung bzw. im Studium; beide direkt auf dem Weg in die Eigenständigkeit. Claudia und mir ging es gut, jedenfalls meiner Einschätzung nach. Mich störte das Verharren in der geordneten Welt einer Kleinbürgeridylle überhaupt nicht.

Vielleicht hätte ich jedoch vorher den Warnsignalen meiner Ehefrau diesmal mehr Beachtung schenken sollen, aber Diskussionsansätze wie, *Wir müssen mal reden,* hatte ich schon früher nie sonderlich ernst genommen. Beim allerersten Mal hatte solche eine Gesprächs-aufforderung unterschwellig noch etwas Bedrohliches für mich gehabt. Irgendwann lief es in solchen Fällen nach kurzen Aufwallungen dann stets nach einem ein-gefahrenem Muster ab und das Leben ging bald weiter wie vorher.

Im Prinzip hatten wir ja keine unüberwindbaren Probleme miteinander. Mit den Macken des Partners konnten wir beide überwiegend gut umgehen. Meine, wie ich zugeben muss, pedantisch ausgelebte Ord-nungsliebe in Haus und Garten war zwar grenzwertig und hatte die eine oder andere heftige Meinungsver-schiedenheit ausgelöst, es kam dabei aber nie zu Grundsatzdebatten über die Qualität unserer Ehe. Claudia dagegen ist ziemlich unordentlich und hasst Hausarbeit. Bis auf das Kochen. Da ist sie überaus ta-lentiert und managt alles was mit Essen und Trinken zu tun hat auf nahezu perfekte Weise. Insgesamt wa-ren das alles keine Probleme, die auf ein Scheitern un-serer Ehe hätten hindeuten können.

Dieses Mal kam es jedoch anders. Mit Einsichtigkeit, einem beiderseitigem Versprechen, wir versuchen es nochmal, wir machen alles besser, war es dann nicht mehr zu schaffen gewesen. Wir kamen an einen Punkt, an dem sich nichts mehr bewegte. Der Versuch einer Revitalisierung unseres einschlafenden Ehelebens hat-te zu keinem Erfolg geführt. Die Unzufriedenheit mei-ner Frau war zu gravierend gewesen; ich hatte die Si-tuation völlig unterschätzt. Nach einem nervenaufrei-benden Hin und Her kam es zur endgültigen Trennung, auf die später die Scheidung folgte.

Ich zog aus dem Reihenhaus aus, mietete mir eine Eineinhalb-Zimmerwohnung und überwies jeden Monat pünktlich einen Teil meines nicht gerade üppigen Gehaltes als Unterhalt für die verflossene Ehefrau und für die Kinder.

Der Trennungsschmerz war heftig. Ich weiß nicht, wie ich heil durch dieses Situation gekommen wäre, ohne die Hingabe zu meinem Beruf als Gärtner und ohne den Beistand meines ältesten Freundes, Gerald Volkmann.

In meinem Beruf habe ich stets Erfüllung gefunden. Besonders in angespannten Lebenslagen half es mir ungemein, mich in diesen zu versenken. Wenn nötig, konnte ich mich nach getaner Arbeit noch zusätzlich in dem gepachteten Schrebergarten am Rande der Stadt verwirklichen. Hier hatte ich mir ein Refugium der besonderen Art geschaffen: ein Gewächshaus für Kakteen und andere Sukkulenten. Bei der Beschäftigung mit diesen mich außerordentlich faszinierenden Gewächsen konnte ich die Welt um mich herum komplett ausblenden.

Als Ergebnis meiner intensiven Beschäftigung mit dieser attraktiven Gattung von fleischigen Stachelgewächsen hatte ich eine Vorrichtung konstruiert, die ein gleichmäßiges Wuchsbild der Pflanzen ermöglichte, so wie es anspruchsvolle Züchter bevorzugen. Ich hatte es geschafft, einen halbautomatischen Dreh- und Gießapparat zu entwerfen, der einerseits durch Drehen der Töpfe in regelmäßigen Intervallen für eine ideale

Lichtzufuhr sorgte, andererseits die richtige Gießmenge verteilte, ohne die empfindlichen Triebe und Wurzelballen zu vernässen. Ein zusätzlicher Effekt war, dass die Pflanzen dadurch über einen längeren Zeitraum keiner weiteren Pflege bedurften. Diese Erfindung wurde selbst von Fachleuten anerkennend bewundert. So mancher Experte sah in dieser Konstruktion eine gute Chance für eine erfolgreiche Vermarktung. Um so etwas serienreif fertigen zu lassen und anschließend in großer Stückzahl zu vertreiben, fehlten mir allerdings sowohl die technischen wie auch die finanziellen Mittel; den Traum davon gab ich allerdings nie ganz auf.

Sprach man bei anderen Menschen mit Geschick bei der Gartenarbeit von einem grünen Daumen, dann musste man bei mir, in aller Bescheidenheit, von einem grünen Arm sprechen. Seit frühester Kindheit gelang mir so ziemlich alles perfekt, was mit der Aufzucht und Hege von Pflanzen zu tun hatte.

So war es dann auch nicht verwunderlich gewesen, dass ich das Gymnasium nach der zehnten Klasse verlassen hatte, um eine Lehre als Gärtner anzutreten. Mein Vater erklärte mich daraufhin kurzzeitig für verrückt. Meine Mutter nannte mich Kindskopf. Das kam der Sache schon etwas näher; denn ich habe bis heute den emotionalen Rückweg in meine Kindheit nie versperrt. Ohne nennenswerte schulische Probleme die Oberstufe des Gymnasiums zu verlassen, konnte in ihrer beider Sichtweise nicht normal sein. Für mich war es das aber. Ich hätte auch mit einem bestandenen Abitur nichts anderes als Gärtner werden wollen, das wusste ich schon seit frühen Kindertagen. Ich glaube, meine Eltern haben mich in dieser Hinsicht bis heute nicht verstanden.

Mein Freund Gerald war ein völlig anderer Typ, was uns aber nie daran gehindert hatte, seit Kindergartenzeiten enge Freunde zu sein. Es änderte auch nichts daran, dass er die Schule bis zum Abschluss besuchte und dann nach dem Abitur BWL studierte. Nach einem Praktikum bei einem großen Versicherungskonzern übernahm er die bedeutende Versicherungsagentur seines Vaters und ist heute ein erfolgreicher Geschäftsmann, sehr wohlhabend wie ich weiß. Auch familiär hätten wir uns nicht unterschiedlicher entwickeln können. Wir sind eben verschiedene Wege gegangen. Ich, der städtische Gärtner Olaf Menzel, führte lange Zeit ein ruhiges Leben mit Frau und Kindern. Gerald war da ganz anders gestrickt. Sein Markenzeichen war eher eine Unbeständigkeit, was Frauen anging. Statt eine Familie zu gründen, bevorzugte er die Freuden eines ungebundenen Lebens; auf dem Gebiet war er ebenso erfolgreich wie als Manager.

Unserer Freundschaft taten diese unterschiedlichen Werdegänge keinen Abbruch. Wir verstehen uns heute noch blind, selbst wenn wir uns, was selten vorkommt, für längere Zeit nicht gesehen haben sollten.

In der ersten Zeit nach meiner Scheidung war mein Freund Gerald eine große Stütze für mich gewesen. Sofern es seine Zeit abseits von Job und Frauengeschichten erlaubte, kümmerte er sich um mich. Ernsthafte Gespräche bis tief in die Nacht, Albereien mit und ohne Alkoholgenuss von ebensolcher Zeitdauer, das war es, was mich aufrichtete.

Irgendwann war ich seelisch wieder einigermaßen stabil und nahm auch wieder regelmäßig am Handballtraining in unserer Alt-Herrenmannschaft teil. Inzwischen war ich vermutlich körperlich zu sehr Alter Herr geworden, oder ganz einfach nicht ausreichend trainiert und so erlitt ich einen Sportunfall, in dessen Folge ich an einem Bänderriss im linken Sprunggelenk operiert werden musste. In der gähnenden Langweile des Krankenhausaufenthaltes gab es eine Änderung meiner Lebensgewohnheiten, die ebenfalls indirekt verantwortlich dafür war, dass ich jetzt einsam an einem kalifornischen Strand über eine mehr als unsichere Zukunft nachzudenken habe.

All meine Freunde und Verwandten wussten, dass ich mir nichts aus Bücherlesen machte. Tageszeitung, gelegentlich eine Zeitschrift, das war es dann auch schon zum Thema Lesen. Meine Ex-Schwiegermutter Lydia, zu der ich auch nach der Scheidung ein freundschaftliches Verhältnis unterhielt, brachte mir eines Tages während des Krankenhausaufenthaltes ein Magazin mit, dessen Titelblatt ein besonders schönes Exemplar eines *Teddy Bear Cactus'* , botanisch *Cylindropuntia Bigelovi*, in voller Pracht zeigte. Diese äußerst ansehnliche Kakteenart wirkt ihrem Namen entsprechend tatsächlich wie das flauschige Fell eines großen Teddybären. Dass das hölzerne Pflanzenskelett dieses grünlichweiß schimmernden Gewächses aus harten Stacheln mit unzähligen Widerhaken im Mikroformat besteht, tut seinem pittoresken Anblick keinen Abbruch. Unangenehm wird es allerdings für den, der mit der spitzstachligen Schönheit in Berührung kommt.

„Ich hoffe, mein Lieber, das lenkt dich ab. Kakteen sind doch immer noch deine Leidenschaft, oder?"

Ich nahm die Zeitschrift gerne entgegen. Der Bericht über diese spezielle und andere Arten von Sukkulenten interessierte mich und passte in mein Leseschema. Was die gute Lydia übersehen hatte, bei dem von ihr mitgebrachten Magazin handelte es sich nicht, wie sie angenommen hatte, um eine Fachzeitschrift über Kakteen, sondern um ein Reisemagazin zum Thema Nationalparks in den USA. Das Titelbild stammte aus dem *Organ Pipe Cactus National Park* im Südwesten der USA. Das Hauptthema des Blatts war gut aufgemacht, auch wenn es hier eher um touristische als um botanische Dinge ging.

Für mich als notorischen Reisemuffel, außer der Nordseeinsel Spiekeroog, Mallorca und dem Allgäu, hatte ich nie irgendwelche Urlaubsorte kennengelernt, änderte sich durch die Lektüre des Blattes im Krankenhaus einiges. Ich war von den Beschreibungen des Kaktus-Nationalparks so fasziniert, dass ich alle Hefte dieser Reihe förmlich verschlang. Es ging dabei unter anderem auch um die Darstellungen der jeweiligen Naturlandschaften in den Parks. Was mich aber bei der Lektüre dieser Artikel an mir selber am meisten überraschte, war, dass ich immer mehr Interesse an der touristischen Infrastruktur um die Nationalparks herum entwickelte.

Ich las alles, was ich zu diesem Thema finden konnte, sah mir sämtliche Fernsehdokumentationen über Naturlandschaften in den USA an, um mir über dieses Wissensgebiet möglichst umfangreiche Kenntnisse anzueignen. Es dauerte nicht lange und ich war zu einem ausgesprochenen Experten für sämtliche amerikanische Nationalparks und deren umgebende Landstriche geworden. Bücher und Zeitschriften zum Thema Nordamerika stapelten sich bald unübersichtlich in meinem ansonsten stets gut aufgeräumten Wohnzimmer. Das gesamte Gebiet der USA existierte durch meine gezielten Privatstudien für mich in vielen Details kartografisch komplett ausgebreitet vor meinem inneren Auge. Die rein geografischen Gegebenheiten wurden komplettiert durch angelesene Details über die Natur und die Umwelt des Landes, über Verkehrsstrukturen, American Way of Life, sowie politische Aspekte. Ich las über dieses Sachgebiet einfach alles, was in mich reinpasste. Zusätzlich hatte ich noch einen Volkshochschulkurs für *American English* belegt.

An einem milden Sommerabend saßen mein Freund Gerald und ich im Biergarten unseres Stammlokals und zechten munter drauf los. Es musste an diesem Abend etwas Besonderes in der Luft gelegen haben; denn wir befanden uns nach einigen Pints Guinness auf einen ungewöhnlich kreativen Höhenflug und kalauerten drauf los wie aufgeheizte Biertisch-Philosophen. Das alles lief in einem sanften, sich jedoch stetig steigernden Rausch ab, aber beide behielten wir erstaunlich lange Bodenhaftung, bis an den Punkt, an dem die Thematik sich entscheidend änderte.

„Alter, wir müssen mal zusammen verreisen. USA, das wäre doch was. Jede Menge Spaß. Jetzt, wo du deinen Reisehorizont so mächtig erweitert hast."

Gerry war schon mehrfach in den Staaten gewesen, meistens zu Urlaubszwecken mit einer seiner zahlreichen Freundinnen. Ich kannte ihn zu gut. Er wollte mich provozieren, da ich nun ein schier unerschöpfliches theoretisches Wissen über Amerika angehäuft hatte. Diese Entwicklung hatte auch ihn verblüfft.

Zunächst ging ich nicht auf seinen Vorschlag ein. Dann aber, einige Gläser des samtenen Dunkelbieres weiter, stürzte ich mich förmlich ich auf das Thema.

„Na klar, allein nur mit dem Wissen eines Telefon-Jokers wie in einer Quiz-Sendung durchs Leben zu laufen ist ziemlich öde. 'Ne Reise dort hin, das wäre tatsächlich was."

Gerry war total verblüfft.

„Das ist doch nicht dein Ernst? Du und freiwillig verreisen? Das guck ich mir an."

Ich weiß nicht, was mich an dem Abend geritten hatte. Ich kannte mich bis dahin eigentlich nicht als Typ mit Hang zum Größenwahn, aber ich setzte noch einen drauf.

„Weißt du was? Ich traue mir zu, mich ohne einen Cent einmal quer durch die USA durchzuschlagen und auch sonst nur mit dem ausgestattet, was ich so am Leibe trage. Ansonsten ohne alles. Ein Jahr lang. Von Los Angeles nach New York."

Nun fand ich mich auf der Überholspur wieder.

„Genau nach einem Jahr, da treffen wir uns wieder. Punkt zehn Uhr vor dem Eingang des Hard Rock Café, in New York, Broadway - Ecke Times Square."

Jetzt schwebte ich in schwindelerregenden Höhen.

„Ich kenne dieses verdammte Land inzwischen so gut, dass ich sicher bin, zum Nulltarif da durchzukommen. Im gelobten Land des Überflusses wird schon etwas für mich abfallen."

„Spinner."

Er nahm mich natürlich nicht ernst, aber *das* hätte er in dieser Situation so nicht sagen dürfen.

„Spinner, sagst Du? Schlag ein."

Ich reichte meinem Freund Gerald Volkmann die Hand. Völlig verdattert schlug er ein. Er kannte mich gut und wusste, wie ernst ich eine solche Abmachung nehmen würde. Trotz der fortgeschrittenen Alkoholwirkung befanden wir uns immer noch annähernd auf dem Boden der Realität. Gerald wusste dass ich finanziell nicht gut gestellt war. Eine reine finanzielle Unterstützung durch ihn ohne Gegenleistung war aber für uns beide schon vorher nie infrage gekommen. Eine besser dotierte Anstellung in seiner Firma hatte ich in der Vergangenheit bereits mehrfach abgelehnt. Versicherungsbranche, das wäre einfach kein Job für mich gewesen.

Um jetzt dieses ungeheure Vorhaben in eine Art geschäftlichen Rahmen einzufügen, schlug Gerry vor, dass ich nach erfolgreich abgeschlossener Durchführung des verrückten Plans, die Summe von fünfzigtausend Euro erhalten würde; sehr viel Geld für mich. Mit solch einem Betrag könnte ich zum Beispiel die Weiterentwicklung meiner Erfindung vorantreiben. Sollte ich scheitern, müsste ich ein Jahr lang für ein Gehalt in Höhe der amtlichen Grundversorgung in Geralds Versicherungsagentur arbeiten.

So, und nun saß ich hier, völlig mittellos an einem Strand am Rande von LA und murmelte halblaut vor mich hin:

„So eine Riesenscheiße! Einmal quer durch from coast to coast - und das alles zum Nulltarif."

◆

It never rains in Southern California – In Süd-Kalifornien regnet es nie.

Noch nie in meinem bisherigen Leben habe ich so sehr darauf gehofft, dass der Text eines Popsongs annähernd wahr sein möge, wie bei diesem Titel des britischen Soft-Rocksängers Albert Hammond aus den frühen siebziger Jahren des vorherigen Jahrhunderts. Aus unerfindlichen Gründen hing mir dieses Lied schon den ganzen Morgen wie fest installiert in den Ohren.

Es war keineswegs der Wunsch nach dem idealen Wetter für einen Strandurlaub an der amerikanischen Westküste, der mich in diese Hoffnung trieb. Nein, Ströme essentieller Überlebensstrategien fluteten mein Bewusstsein. Regen? Den konnte ich nun gar nicht gebrauchen, vor allem nicht nachts.

Noch konnte ich sie genießen, die grandiose Aussicht auf die Bucht von Santa Monica, nördlich bis zum Malibu State Beach, dort wo die Reichen und Schönen Hollywoods ihre Strandvillen haben. Ich fühlte mich bis jetzt noch gut; die praktischen Probleme meines Alltags ergriffen aber im weiteren Verlauf des Tages immer mehr Besitz von mir. Jemand, der mehr Gefallen an malerischen Küsten hatte als ich, würde wohl beim Anblick dieser atemberaubenden Landschaft zu Begeisterungsstürmen hingerissen werden. Ich nahm dieses pazifische Bilderbuchpanorama lediglich zur Kenntnis.

Für meine nächste Aufgabe, mich um die Versorgung der grundlegenden Alltagsbedürfnisse kümmern zu müssen, erschien mir die Gegend um Malibu, zwischen Strand-Refugium für Reiche und den küstennahen Villenhügeln der Santa Monica Mountains gelegen, für meine Zwecke wenig geeignet. Zu nobel das Ganze. Ich musste mich mehr auf 'normale' Plätze konzentrieren, an Orte mit viel Publikumsverkehr. Viel Publikum bedeutete viel Kommerz und der wiederum verhieß viel Überschuss und jede Menge Abfall. Dort würde das Ziel meiner Versorgungsbemühungen liegen müssen.

Und von den Einflüssen eines solchen Platzes wurde ich jetzt angeregt. Mit dem leichten Seewind wehte mir der Geruch von gebackener Pizza, gebratenen Hamburgern, frittierten Pommes und ähnlichem Fastfood direkt in die Nase. Nur wenige hundert Meter schräg vor mir ragte das Gebilde der *Santa Monica Pier* auf ihren wuchtigen Pfählen in die Uferbrandung des Meeres. Wie eine überdimensionierte Mondlandefähre auf dicken hölzernen Stelzen wirkte diese mächtige Konstruktion. Diese Vorrichtung war ursprünglich zu dem Zweck errichtet worden, die Abwässer der küstennahen Häuser weiter draußen in das Meer zu leiten. Irgendwann später wurde die Pfahlkonstruktion erweitert und ist seit diesem Zeitpunkt ein beliebter Anziehungspunkt für Touristen. Shopping-Arkaden, Vergnügungspark mit Karussell, Aquarium und vor allen Dingen verschiedenartige Restaurants ziehen täglich zehntausende Besucher an. Oft dient die Pier-Anlage auch als Kulisse für Hollywood-Filme.

Mich lockten jetzt die Ausdünstungen der dort befindlichen Fressbuden. Es war mittlerweile Nachmittag geworden, die Sonne brannte erbarmungslos vom wolkenlosen Himmel und die Beschwerden eines mittelschweren Sonnenbrandes wurden jetzt immer stärker durch ein starkes Hungergefühl überlagert. Ich folgte also den Essensgerüchen und begab mich zum Eingang des Pacific Parks hoch über den Brandungswellen des Meeres. Direkt unter dem Schild, *End of the Trail Route 66*, das werbewirksam dem westlichen Ende der legendären Route 66 optisch Nachdruck verlieh, stieß ich auf das erste Fastfood-Restaurant, den Groß-Imbiss *Pier Burger* mit seinen verlockenden Angeboten. Nicht, dass ich ein großer Freund von solcher Art Essens gewesen wäre, oder dass ich solch eine Mahlzeit im Moment überhaupt hätte bezahlen können, nein, mich trieb der schiere Hunger dorthin, angefacht von den in der Luft hängenden Bratendüften. Mir erschien diese Art von Gastronomie, Selbstbedienungs-Restaurant mit großem Freiluftbereich, für meine Zwecke ideal.

Ich lehnte mich nahe des Restauranteingangs am Rande des Brückengeländers so auf die Holzbrüstung, wie man es tut, um einen guten Ausblick auf das Wasser und den Strand zu haben. Mit einem Auge konnte ich dabei aus dieser Postion den äußeren Bereich des SB-Restaurants gut beobachten. Die Geräusche meiner Verdauungsorgane in Erwartung einer kulinarischen Befriedigung schwollen auf eine enorme Lautstärke an.

Es dauerte nicht lange und ich wurde fündig. Wenige Meter vor mir verließ eine Frau mit ihren zwei Kindern nach ihrer Mahlzeit den Tisch. Die Mutter war offensichtlich vom Genörgel ihres Nachwuchses genervt, die alle beide in ihrem Essen nur herumgestochert hatten. Sie schob die quengelnden Gören ungeduldig zum Ausgang, ohne die Tabletts mit den Essensresten entsorgt zu haben. Normalerweise stellten die Gäste nach verrichteter Mahlzeit ihr benutztes Geschirr am anderen Ende des Restaurants ab, wo das Service-Personal dieses anschließend entsorgte. Für die Fälle, in denen Gäste das Abräumen vergaßen, sorgten Angestellte des Restaurants für das Leeren der Tische.

Bevor es in diesem Fall dazu kommen konnte, hatte ich mich zügig zu dem freigewordenen Tisch begeben und nahm vor den Essensüberresten platz. Das Ergattern von Nahrungsmittelresten war absolutes Neuland für mich. Entsprechend aufgeregt war ich dann auch bei meinen Bemühungen. Mit möglichst unverfänglicher Miene sah ich mich um und stellte fest, kein Mensch interessierte sich für mich und meine Aktion.

Da ich von jeher eine große Abscheu vor dem Verzehr von angefressenem Futter fremder Menschen empfinde, stellte ich mich in meinem Erstversuch zögerlich und ungeschickt dabei an, die auf den Plastiktellern der Kinder verbliebenen Reste für meine Zwecke zu präparieren. So sorgfältig es nur ging, wischte ich mit einer Papierserviette das Plastikbesteck ab und schnitt dann die angeknabberten Überbleibsel der zurückgelassenen Chicken-Nuggets und des Hamburgers ab. Von den Pommes drohte keine Hygiene-Falle; denn die waren von den Kindern nur mit den dazugehörigen Pieksern berührt worden.

Anschließend war ich mit meiner ersten Mahlzeit zum Nulltarif sehr zufrieden. Kein kulinarischer Hochgenuss, aber immerhin, die lauwarmen Fleischreste und die gehärteten kalten Pommes Frites hatten mich erstmal gesättigt. Das Ganze hatte ich dann mit einer Art Cola-Schorle heruntergespült, bestehend aus einem kleinen Rest Pepsi Cola und dem kühlen Wasser des geschmolzenen Eises, den die Mutter in dem XXL-Pappbecher hinterlassen hatte. Natürlich hatte ich den im Becher steckenden Trinkhalm vorm Trinken entfernt und entging so den Bedrohungen einer weiteren potentiellen Bakterienschleuse. Ordentlich wie ich war, brachte ich das Geschirr nach der Mahlzeit zur vorgesehenen Ablagestelle und versorgte mich dann noch mit einer Garnitur Plastikbesteck und ein paar Servietten. Man konnte ja nie wissen.

An diesem ersten Tag in meinem neuen Leben hatte ich bislang außer körperlich notwendigen Verrichtungen noch keine nennenswerten Tätigkeiten geleistet. Den banalen Sinnspruch, *Die Zeit ist wie ein scheues Reh,* hatte ein wohl eher schlichtes Gemüt kreiert; rückblickend am Ende eines Lebens mochte da wohl etwas Wahres dran sein. In meiner neuen, bisher unstrukturierten Tagesroutine fühlte sich das komplett anders an; die Zeit hing eher wie zäher Kleister an mir.

Spontan fiel mir nicht besseres ein, als meine Zeit mit Spaziergengehen zu füllen. Zweifellos befand ich mich für diesen Zweck in einer gut geeigneten Umgebung. Der Ocean Front Walk zwischen Santa Monica Beach und dem nur wenige Kilometer südlichen liegenden, weltberühmten *Venice Muscle Beach* stellt eine der beliebtesten Flaniermeilen im Raum Los Angeles dar: Jahrmarkt der Eitelkeiten, das ist sicher keine übertriebene Beschreibung für dieses Mekka der Narzissten und Schaulustigen. Dazu sorgen schier unzählige Kneipen und Restaurants für Unterhaltung bis spät in die Nacht.

Für mich ging es weniger darum, mich zur Schau zu stellen oder mich in der grellen Kneipenszene zu vergnügen. Anonym in der Masse meinen Tag zu verbringen und dabei kostenfrei für meinen Lebensunterhalt zu sorgen, das war eher mein ehrgeiziges Anliegen. Wie ich die Nächte verbringen würde? Noch hatte ich nicht einmal andeutungsweise eine Vorstellung davon.

Am späten Nachmittag schlenderte ich also den Ocean Front Walk in Richtung Venice Beach. Bei dieser Gelegenheit übte ich dann schon, meinen Blick mit der Absicht des Beutemachens zu schärfen. Und es war nicht wenig, was dort von den zig-tausenden Strandgängern zurückgelassen worden war. Innerhalb kürzester Zeit hatte ich mich durch die Lektüre dreier aufgesammelter Tageszeitungen gearbeitet. Nicht, dass mich die amerikanische Nachrichtenlage stark interessiert hätte, nein, das langsame Lesen dieser Blätter bedeutete ganz einfach, die Zeit zu füllen.

Kurz vor Sonnenuntergang erlebte ich außer meiner nachmittäglichen Frei-Mahlzeit einige weitere Höhepunkte dieses anstrengenden Tages. Auf einer Parkbank des Dorothy Green Parks erblickte ich eine herrenlose Schildkappe mit dem lila und gelbem Logo des Basketball-Teams *LA Lakers*. Ich setzte mich dicht an diese heran, sah mich vorsichtig nach einem möglichen Vorbesitzer dieser Kappe um. Nach fast zehn Minuten aufgeregten Wartens nahm ich die Mütze an mich, streckte sie in die hintere Tasche meiner Jeans und entfernte mich. Ich hatte ein erstes wichtiges Ausrüstungsteil für den Sonnenschutz gefunden. Natürlich würde ich das Cap morgen früh vor Benutzung gründlich reinigen.

Und meine Ausstattung wurde an diesem Abend noch umfangreicher. Neben einem überquellenden Müllkorb stand eine Tragetasche aus verstärktem Packpapier mit der Werbebotschaft *Hard Rock Cafe Los Angeles*. Die darin enthaltenen leeren Flaschen entsorgte ich bis auf eine unbeschädigte Viertel-Gallonen Flasche des Erfrischungsgetränks *Mountain Dew* und eine kleinere Plastikflasche *Gatorade*. Beide wurden im Waschbecken der Surfer-Toilette sorgfältig gespült und sollten mir als Vorratsbehältnisse für Trinkwasser und Flüssigseife eine ganze Weile gute Dienste leisten.

Sehr gerne wäre ich jetzt am Abend nach Hause oder zumindest in ein Hotelzimmer gegangen, um mich von den Strapazen eines solchen Tages zu erholen. Das, was für den Rest der Welt um mich herum normal war, war für mich unerreichbar. Nicht die Sorge um notwendig werdende Hygiene oder ein fehlendes Abendessen trieb mich um, sondern einfach die nicht vorhandene Möglichkeit, einen privaten Rückzugsort zu haben, ließ mich in ein Stimmungsloch fallen. Hier am Venice Beach, wo das abendliche Leben jetzt gerade auf Touren kam, war überhaupt nicht daran zu denken, einen unbeobachteten Platz zu finden. Dieser Trubel hier, mit tausenden von unternehmungslustigen Touristen, die durch die bunte Glitzerwelt des kalifornischen Strandortes flanierten, machte mich fertig. Mich einfach zum Schlafen an den Strand zu legen wäre keine Lösung gewesen. Zu hell beleuchtet die Szenerie. Später in der Nacht wäre hier auch kein Schlafplatz zu finden; denn in den USA ist es unüblich einfach so im Freien zu übernachten, zumindest in urbanen Gegenden, die kontinuierlich durch die Suchscheinwerfer der Beach-Patrol überwacht werden. Lediglich abgehärtete Obdachlose trauen sich hin und wieder in Parks und an Stränden zu nächtigen und lassen es auf Polizeikontrollen ankommen. Soweit war ich noch nicht. Außerdem konnte ich es mir nicht erlauben, mit meinem begrenzten Touristen-Visum, fehlendem Geldnachweis und ohne Rückflug-Ticket, in eine Ausweiskontrolle zu geraten. Eine drohende Abschiebung auf eigene Kosten wäre noch die geringste Folge eines solchen Vorgangs gewesen. Nein, ich hatte nicht vor, mein Abenteuer frühzeitig auf diese Art zu beenden.

Also lief ich die Promenade rauf und runter, in der Hoffnung, irgendwo eine dunkle Nische für die Nacht zu finden. Das viele Latschen sorgte bald für eine bleierne Müdigkeit, meine Stopps auf verschiedenen Bänken wurden immer häufiger.

Die Abneigung, die nähere Umgebung der zum Teil überlaufenden Abfallkörbe auf Verwertbares zu durchsuchen, nahm im Laufe des voranschreitenden Abends rapide ab. Ich tauchte zum Wühlen zwar nicht in die Tiefe der Mülleimer, aber deren Umfeld barg für mich so manchen nützlichen Alltagsgegenstand. Ein achtlos liegengelassenes Badetuch, eine Haarbürste, zwei halbvolle Flaschen mit Sonnenschutzmittel sowie mehrere Zeitschriften wanderten in meine Hard-Rock-Café-Tragetasche, mein einziges Reise-Accessoire. Mit dem Säubern der aufgesammelten Gegenstände sowie der Lektüre der Zeitungen konnte ich einige Zeit überbrücken. Viel half es mir jedoch nicht weiter. Die Zeit hing immer noch wie ein zäher Brei an mir.

Als es auf Mitternacht zuging und der abendliche Vergnügungsbetrieb immer noch in vollem Gange war, schlurfte ich die Promenade in südlicher Richtung hinunter. Die Hoffnung, eine weniger belebte Strandzone zu finden, schien sich nach mehreren Kilometern immer mühseliger werdenden Schlenderns zu erfüllen. In einiger Entfernung voraus schienen die Lichter spärlicher zu werden und ein großer dunkler Bereich könnte dort das Ende des Weges bedeuten. Leider war es nicht der erhoffte einsame Strandabschnitt im Dunkeln, sondern die an dieser Stelle nur schwach beleuchtete Hafeneinfahrt zum Yachthafen von Marina del Rey, am südlichen Rand von Venice Beach gelegen.

Zurückzugehen kam in meinem Zustand nicht mehr infrage. Also schleppte ich mich noch wenige Meter bis zum Ende der Pazific Avenue, die hier einen Bogen in Richtung des Yachthafens von Marina del Rey macht. Nie zuvor hatte ich mich in ähnlicher Weise auf ein dunkles, unübersichtliches Gelände gefreut. Hier im Mariners Village empfand ich das von zwei gelblichen Funzeln schwach angeleuchtete Schild mit der Aufschrift *UCLA Campus – Sail & Surf* als anheimelndes Entree zu dem sehnlichst erhofften Übernachtungsasyl für diese Nacht. Hinter einem halbhohen Maschendrahtzaun lagen eine große Anzahl von Sportsegelbooten, Surfbrettern und anderen maritimen Geräten, die hier auf dem Gelände der Wassersport-Abteilung der Universität von Kalifornien nach ihrer sportlichen Nutzung lagerten. Ich kletterte über den Zaun, krabbelte unter den umgedrehten hohlen Rumpf des nächstbesten Sport-Katamarans und fiel nach wenigen Minuten in einen abgrundtiefen Schlaf. Diesen Ort empfand ich in diesem Moment als wohl dunkelste Stelle der ansonsten fast komplett illuminierten kalifornischen Küste. Er vermittelte mir das Gefühl von Geborgenheit.

Den nächsten Morgen erlebte ich wie neugeboren, obwohl der unebene, sandige Untergrund meines Schlafplatzes, sowie die in der nächtlichen Dunkelheit willkürlich eingenommene unbequeme Liegehaltung, eine gehörige Morgensteifigkeit verursacht hatten. Diese war der ungünstigen ergonomischen Form des Nachtlagers zuzuschreiben. Der Stimmung aber, mit der ich in den Tag startete, tat diese muskuläre Verspannung keinen Abbruch. Ich fühlte mich fast schon beängstigend euphorisch; beinahe neun Stunden Tiefschlaf hatten einen neuen Menschen aus mir gemacht. Das sanft scheinende Licht der kalifornischen Morgensonne, die dezenten Geräusche der plätschernden Wasservögel, das unaufdringliche Tuckern der ersten Sportboote, diese morgendliche Idylle saugte ich in mich auf; alles war wieder gut.

Der beginnende Tag wurde noch besser. Mein Rundum-Blick über das Gelände der Universitäts-Marina blieb in dieser friedvollen Umgebung am Rande eines pittoresken Wassersportareals hängen, an dessen beschaulichem Ambiente ich mich erst einmal erfreute. Dort befand sich die Einrichtung des *Los Angeles Rowing Clubs*, einer der renommiertesten Ruderklubs Kaliforniens. Ich verließ völlig unbeobachtet meinen Ruheplatz der letzten Nacht und begab mich dorthin. Diese Sportanlage war mit allen notwendigen Serviceeinrichtungen ausgerüstet. Für mich wichtig: gut ausgestattete, saubere Sanitäranlagen.

Frisch geduscht betrat ich anschließend die Lobby des nahen Hotels *Marriott Marina del Rey* und nahm in einem der bequemen Sessel in der Hotel-Lobby platz. Hier sollte nun eine reife Leistung in Bezug auf kostenlose Versorgung folgen. Von meinem Sessel aus, dicht am Tresen der Rezeption, beobachtete ich das morgendliche Kommen und Gehen der Gäste in der Hotelhalle, alle auf dem Wege zum Frühstücks-Restaurant oder auf dem Rückweg von dort in die Empfangshalle. Es dauerte nicht lange und ich kam zu meinem Erfolgserlebnis. Aus dem Fahrstuhl hetzte ein Gast in hastigen Schritten zur Rezeption, legte seinen Zimmerschlüssel auf den Tresen und wandte sich nur kurz an den Hotelangestellten.

„Nein, nein, ich hab`s sehr eilig. Kein Frühstück heute. Mein Taxi wartet draußen."

Mit diesen Worten stürzte er durch die Halle geradewegs auf das gelbe Taxi vor der Tür zu. Jetzt kam mein Einsatz. Ich ging zum Tresen, merkte mir die Zimmer-Nummer 202 des abgelegten Schlüssels und begab mich direkt zum Restaurant. An der der Flügeltür wurde ich freundlich begrüßt und nachdem die von mir genannte Nummer 202 auf der Liste der Frühstücksgäste abgehakt war, nahm ich an dem mir zugewiesenen Tisch im Frühstückraum platz. Bei der Vielzahl der Gäste und bei dem häufigen Personalwechsel wäre es sehr unwahrscheinlich gewesen, dass einzelne Gäste im geschäftigen Trubel des sich jeden Morgen wiederholenden Frühstücksrituals irgendeiner bestimmten Zimmernummer zuzuordnen gewesen wären. Ich blieb dementsprechend absolut unaufgeregt und wunderte mich aber nur kurz über diese von mir an den Tag gelegte Unverfrorenheit. Das opulente Frühstücksbuffet mit all seinen köstlichen Leckereien, das dem definierten Luxusstandard eines solchen Hotels voll entsprach, genoss ich in vollen Zügen.

Dieser Schwung des beginnenden Tages musste genutzt werden. Es galt allerdings, für den gerade angebrochenen Tag - es war wieder ein sehr heißer Spätsommertag angesagt worden - eine möglichst kurzweilige Betätigung zu finden, die mir in meiner speziellen Situation weiterhelfen würde.

◆

Das *Tom Bradley Terminal* des internationalen Flugha-
fens von Los Angeles, LAX International, war die erste
große Abflughalle, die ich nach einem Fußmarsch von
ungefähr sechs Kilometern vom Strand kommend erreichte. Ich hatte diesen Ort gewählt, um mich einige
Tage auf das Leben eines Schnorrers in den USA einzustimmen. Den ganzen Tag in der brütenden Hitze am
Strand zu verbringen, um später mit einem Sonnen-
brand weitere Nächte in unbequemer Lage unter einem Bootsrumpf zu verbringen, erschien mir wenig attraktiv. Hier in der klimatisierten Halle des Flughafen-
gebäudes würde ich für meine Zwecke so ziemlich alles Nötige vorfinden, einschließlich gut ausgestatteter
Sanitäranlagen sowie bequeme Liegesessel für die
Nachtruhe.

Die Beschaffung von kostenlosen Mahlzeiten aus
den Restbeständen der SB Fast-Food-Restaurants hatte
ich bereits am Strand von Santa Monica erfolgreich gelernt. Hier im Airportbereich gab es eine Vielzahl
großer Selbstbedienungs-Restaurants, sodass ich mich
mit einigem Geschick fast a-la-carte würde versorgen
können. Der Glückstreffer mit dem Gratis-Frühstück
im Hotel Marriot würde vermutlich so leicht nicht zu
wiederholen sein. Insgesamt hatte ich mir die Beschaffung von Essen und Trinken bei der Durchführung

meines Reisevorhabens viel anstrengender vorgestellt. War es aber nicht, wobei auch noch erleichternd hinzukam, dass fast alle große öffentliche Plätze in gesamten Land mit kostenfreien Trinkwasserspendern ausgestattet waren.

Was es allerdings im Flughafengebäude zu überbrücken galt, war die lange Zeit. Ich musste eine Beschäftigungsroutine entwerfen, um die täglichen vierundzwanzig Stunden, abzüglich einiger Stunden für Schlaf, in erträglicher Weise zu verbringen. Das würde wohl nicht so ganz einfach werden. Für die körperliche Auslastung waren lange Spaziergänge in den riesigen Hallen bestens geeignet. Auf diesen Touren entwickelte ich auch ein System, in dem ich dem vielbeinigen Reinigungspersonal in den Sanitärräumen aus dem Wege gehgen konnte, um mich dort ungestört versorgen zu können. Ich bewegte mich ganz einfach entgegengesetzt zu deren Arbeitsrhythmus. Überhaupt hielt ich mich gerne in den gepflegten Wasch- und Duschräumen auf. Eine ausgiebige Körperpflege war zudem auch günstig für mein 'Zeitkonto'.

In Erstaunen versetzte mich die Vielfalt der herrenlosen Gegenstände, die über die Gesamtfläche des riesigen Areals zu finden waren, man musste nur einen Blick dafür haben. Auch hier galt es für mich, den Reinigungskräften zuvorzukommen, die ansonsten sämtliche herumliegenden Gegenstände gnadenlos abräumten. In den insgesamt vier Tagen und Nächten, die ich auf dem Flughafen zubrachte, ergatterte ich eine Vielzahl von nützlichen Dingen für den persönli-

chen Gebrauch. Es waren nicht nur achtlos liegenge-
lassene Hygieneartikel in den sanitären Bereichen oder
Zeitschriften und Bücher neben den Sitzen in der Abflughalle. Mitunter waren es von den Vorbesitzern ab-
gestellte und vergessene Einkaufstüten mit Beklei-
dungsstücken, Kosmetikartikel oder Süßigkeiten, die
ich einsammelte, wenn diese nach einem längerem
Zeitraum nicht von den ursprünglichen Besitzern ab-
geholt worden waren.

Leider konnte ich nicht alle Fundstücke für mich
verwerten, weil so manches Teil nicht meiner Konfekti-
onsgröße entsprach So passten mir auch bedauerlicherweise die hochaktuellen Sportschuhe der Marke
Nike nicht, die nach längerer Beobachtungszeit von
niemanden sonst in Besitz genommen wurden. Für die
dazugehörige Tragetasche hatte ich aber eine Verwendung. Es handelte sich hierbei zwar auch nur um einen
Reklameartikel, aber von stabilerer Qualität und größer als meine Papiertüte vom Hard-Rock-Café. Solch
ein Accessoire verlieh mir optisch deutlich mehr den
Nimbus eines „Normal-Reisenden". Darüber hinaus
konnte ich mir einen gewissen Bestand an Bargeld aufbauen: Es waren exakt 3,68 Dollar in Münzen, die ich
auf meinen Streifzügen aufsammelte oder aus den Rit-
zen der Sitzelemente klaubte. Ich nahm mir vor, dieses
Geld nur im äußersten Notfall auszugeben.

Nach vier Tagen intensiven Aufenthalts in der Welt
der Flughafenhallen waren die alltäglichen Verrichtungen meines aktuellen Daseins zur Routine geworden.
Vor mir lag aber noch der unvorstellbar lange Zeit-

raum bis zum 15. September nächsten Jahres, dem vorgesehenen letzten Tag meiner Reise der etwas anderen Art. Einen Masterplan, den ich einfach nur abarbeiten musste, gab es nicht. Wie konnte ich diese Zeit von knapp einem Jahr am besten überbrücken? Solange wie möglich hier in Kalifornien zu bleiben kam nicht infrage, weil ich mich dann spätestens im Sommer nächsten Jahres auf den Weg nach New York machen müsste. Das würde bedeuten, das Land einmal quer bei großer Hitze durchqueren zu müssen. Den Kontinent zur jetzigen Jahreszeit zu bereisen machte mehr Sinn. Die Klimabedingungen unterwegs würden überwiegend moderat sein und ich könnte bis zum Wintereinbruch die ca. 2500 Meilen entfernte Atlantikküste in Florida erreicht haben. Anschließend im sogenannten 'Sunshine-State' zu überwintern erschien mir sinnvoll; denn ich konnte dort zu dieser Jahreszeit von milden Temperaturen ausgehen. Ab Frühjahr könnte ich dann mit günstigen Wetterkonditionen für die restlichen 1200 Meilen der Reise bis nach New York rechnen.

Meine letzten Gänge durch mein Revier führten mich vor der geplanten Weiterreise durch das Terminal, in dem unter anderem Passagiere nach Deutschland abgefertigt wurden. Ich war erstaunt, wie anziehend der Klang der deutschen Sprache bereits nach solch einer kurzen Zeit der Sprachenthaltsamkeit auf mich wirkte und so suchte ich gezielt nach deutschsprechenden Reisenden. In unmittelbarer Nachbarschaft zu einem älteren Paar nahm ich auf einem der Wartesessel platz und und kam sehr schnell in ein Gespräch mit den Beiden, Sonja und Martin Hansen, wie ich auch aus Schleswig-Holstein. Die machten auf ihrer Rückreise aus Mexiko hier einen Stopp-Over. Es war nicht nur die gemeinsame norddeutsche Herkunft, die uns schnell in eine intensive Unterhaltung brachte, sondern eine spontan festgestellte gegenseitige Sympathie. So hatte ich die Gelegenheit, mich über eine Stunde lang intensiv auf Deutsch zu unterhalten, wobei mein Anteil an dem Gespräch zeitweilig etwas gering war. Ein wenig sabbelig waren die beiden, aber sehr nett. Ich erhielt von Martin Hansen unaufgefordert eine Menge praktischer Tipps für eventuelle Ziele auf meinem weiteren Weg. Sonja war anscheinend für kulturelle Belange zuständig. Was die mir in dieser kurzen Zeit über indianische Kulturen in Mexiko erzählte, war gigantisch. Ich wollte sie nicht enttäuschen, als sie immer weiter ins Schwärmen geriet und mir eindringlich empfahl, bestimmte Ruinenstätten in Mexiko aufzusuchen. Ich hörte ihr einfach zu, ohne sie viel zu unterbrechen.

„Olaf, da musst Du unbedingt mal hin. So was Schönes. Und guck Dir nicht nur die bekannten Anlagen an. Nein, es gibt da soviel Faszinierendes außerhalb der berühmten Stätten zu sehen, unglaublich."

Ich wollte nicht unhöflich sein und unterdrückte die Bemerkung, dass mich alte Steine indianischer Ruinen überhaupt nicht interessierten und bedankte mich abschließend bei beiden aufrichtig für das nette Gespräch; denn es war ja in der Tat insgesamt ein überaus angenehmer Gedankenaustausch gewesen.

Vor meinem endgültigen Verlassen des Airports begab ich mich dann zum Schalter einer der Autovermietungsfirmen. Eine freundliche Angestellte der Firma AVIS überließ mir als vermeintlichen Kunden einen Stadtplan des Großraums Los Angeles sowie eine Straßenkarte Kaliforniens mit angrenzenden Bundesstaaten. Sehr nützlich für mich, ebenso wie der Hinweis, dass der Shuttlebus für Kunden direkt vorm Ausgang zur Übernahmestation abfuhr. Diese bequeme und vor allen Dingen kostenlose Transportmöglichkeit nahm ich gerne war und ließ mich zur Station bringen, von wo aus ich die Auffahrt zum Highway Interstate No. 10 ohne große Anstrengung zu Fuß erreichen konnte.

◆

Wie das schon klang! FREEWAY NO. 10 – eine der großen direkten Verbindungen einmal quer durch Amerika, from coast to coast, von Santa Monica am Pazifik bis nach Jacksonville an der Atlantikküste Floridas.

Hier stand ich nun in glühender Tageshitze, dort wo der La Cienega Boulevard auf den Highway 10 trifft - und kam nicht weiter.

Irgendwann fand ich heraus, dass dieses nicht an dem Unwillen der Autofahrer lag, sondern daran, dass die Auffahrt in einer sehr scharfen Kurve auf den Freeway führte, als Haltepunkt für Fahrzeuge gänzlich ungeeignet. Ich ging also einige hundert Meter zurück, mit dem Nachteil, dass mein neuer Standort unterschiedlichen Fahrrichtungen zuzuordnen war, was wohl etliche Autofahrer von einem Stopp abhielt.

Nach einer Wartezeit von fast drei Stunden wurde ich erlöst. Ein weißer Lieferwagen hielt dicht an der Seitenbegrenzung und der Fahrer winkte mich durch das geöffnete Seitenfenster zu sich heran.

„Steig ein! Ich kann hier nicht ewig stehen."

Noch nie in meinem Leben bin ich solch einer Aufforderung so schnell nachgekommen, aber er hatte ja recht, denn auch diese Stelle war aufgrund des riesi-

gen Verkehrsaufkommen zum Halten denkbar un-
günstig.

Der Fahrer, Scott Barstow, war einige Jahre jünger
als ich, und entpuppte sich bald als überaus unterhaltsamer Typ, zu dem ich auf Anhieb Zugang in ein interessantes Gespräch fand. Die hundertzwanzig Meilen
bis zum seinem Ziel, Palm Springs, wurden höchst un-
terhaltsam. Eigentlich war Scott einer der vielen jungen erfolglosen Schauspieler auf der Suche nach *der*
Film- oder Fernsehrolle. Seine bisherigen Berufser-
folge, drei Mini-Rollen in einer TV-Serie, trug er mit
Humor und beschrieb seinen Lebensweg vom Farmer-
Jungen in Kansas bis zum Möchtegern-Schauspieler in
Hollywood auf sehr amüsante Art.

„Zuhause in Atwood musste ich Kühe hüten und
Ställe ausmisten. Hier in Hollywood müssen die meisten Jung-Schauspieler Kneipengäste versorgen und
den Tresen putzen. Jeder zweite Barkeeper in LA ist
ein arbeitsloser Schauspieler. Schon bisschen ähnlich
der Job, oder? Den großen Traum als Darsteller in einer Hollywood-Produktion schminkt man sich hier
schnell ab."

„Aber Du hattest doch schon ein paar Rollen, sagtest
Du."

„Ja sicher, aber alles noch zu dünn für ein richtiges
Casting-Video. Aber ich bleib am Ball. Und bis dahin?
Statt Bierzapfen, eben Kakteen in die Wüste bringen.
Reicht gerade so für das Nötigste."

Er zeigte dabei mit der linken Hand in das Hintere
des LKW. Mir war es vorher in der Hektik des Einstei-

gens gar nicht aufgefallen: Auf der Ladefläche des Lieferautos befand sich eine ansehnliche Anzahl verschiedener Kakteen. Interessiert blickte ich nach hinten.

„Oh, der Copiapoa, der hat aber extrem wollige Kugeln. Die Blüten kommen wohl noch. In seinem Ursprungsland Chile nennen sie ihn 'Gelber Kugelblitz'. Das der auch hier heimisch ist?"

Scott war erstaunt, was ein deutscher Anhalter so alles über die verschiedensten Kakteenarten wusste. Und als ich mich dann noch in weitere Details verstieg, winkte er laut lachend ab.

„Hör auf damit. Hylocereus, Triconodedron und all das andere Sukkulenten-Zeug. Mag sein, dass sie trockene Gärten verschönern können. Mich nervt schon, wenn der Boss mir von seinen stachligen Lieblingen vorschwärmt. Aber der lebt ja davon, die Gärten reicher Leute mit Stacheln zu verminen. Was zum Teufel hast du damit zu tun?"

Nun war ich an der Reihe, aus meinem Leben zu berichten. Der Hintergrund über meine Affinität zu Kaktusgewächsen war schnell erklärt.

„Das wär ja was für mich: Kakteen in die Wüste bringen. Klingt zwar so ähnlich, wie Eulen nach Athen tragen, aber mir würde das Spaß machen."

Zu Scott hatte ich soweit Vertrauen gefasst, dass ich ihm auch von dem mich bedrückenden Zustand meines Daseins erzählte. Ich spürte eine große Erleichterung, einem wildfremden Menschen sehr private Dinge anzuvertrauen. Besonders faszinierend für ihn, der eigentliche Zweck meiner Reise. Zunächst guckte er mich ungläubig an und schüttelte den Kopf. Dann aber schlug er mir mit der Hand auf die Schulter.

„Whow, Alter. Sowas habe ich überhaupt noch nie gehört. Und das Du, als Deutscher? Ihr Krauts seid doch eher für perfekt durchgeplante Aktionen bekannt. Das ist ja völlig irre."

Die weitere Fahrt nach Palm Springs verging wie im Fluge. Auf dem Weg dorthin fuhr Scott noch einen Umweg um den Mount San Jacinto herum, wo es eine große Anzahl von Teddybear-Kakteen gab. Diese Gattung hatte es mir ja bekanntermaßen besonders angetan und irgendwie waren diese puscheligen Stachel-Schönheiten ja auch mit Schuld an meiner jetzigen Situation.

Scott setzte mich am Eingang der Westfield Palm Desert Shopping Mall ab, direkt am Highway 111 gelegen. Für meine weiteren Überlebensbemühungen hatte mein neuer Freund mir etliche nützliche Tipps gegeben, unter anderen auch, wie ich mir die Einrichtungen der amerikanischen Shopping Malls zunutze machen konnte. Schnorren für Fortgeschrittene war das Motto.

„Machs gut Alter. Lass von dir hören."

Mit diesen Worten verabschiedete er mich auf eine weitere Etappe in die bunte Welt der amerikanischen Überflussgesellschaft.

◆

Riesige Einkaufszentren, Shopping Malls, meist verkehrsgünstig am Rande von Ballungsgebieten gelegen, sind eine dieser amerikanischen Erfindungen, die in fast identischer Bauweise weltweit die Vorstädte vieler Metropol-Regionen baulich dominieren. Für potentielle Kunden haben diese Konsumtempel den Vorteil, ein breitgefächertes Warenangebot auf dem kleinstmöglichen Raum vorzufinden.

Ich kam als Kunde dieser Vielzahl von größeren und kleineren Shops nicht infrage. Die einzige Branche, die für mich von Bedeutung war, war die Gastronomie. Und die ist hier in Palm Springs, wo überwiegend wohlhabende Menschen leben, von beachtlicher Vielfalt. Ich hatte auf meinem kulinarischen Schnorrer-Trip durch die Schlemmer-Meile im Untergeschoss des Einkaufszentrums die Wahl zwischen mehr als zwanzig SB-Restaurants. Mittels ansprechender optische Aufbereitung sowie durch appetitanregende Essensdüfte buhlen auf engstem Raum Fast-Food-Restaurants der verschiedensten Art um hungrige Kundschaft. Von amerikanischen Fastfood-Ketten über asiatische Wok-Bratereien, Pizzastuben á la Italia sowie mexikanische Spezialitäten-Restaurants war so ziemlich alles vertreten, was die gastronomische Welt an Schnellgerichten zu bieten hat. Eigentlich für jeden etwas. Für mich gab es allerdings nur die mehr oder weniger üppigen Reste, dafür aber - bei gezielter Vorgehensweise - alles umsonst.

Auch sonst war diese Mall eine Topadresse für mich. Exzellente sanitäre Anlagen ließen in meiner Situation keinen Wunsch in Bezug auf Körperhygiene offen, was ich dann auch ausgiebig auskostete. Auch für den wichtigen Bereich, Übernachtung, fand ich eine praktikable Lösung, wenngleich auch nicht so kommod wie auf dem internationalen Flughafen von Los Angeles.

Ich hatte bei meiner Erstbegehung des gesamten Geländes herausgefunden, dass die am jeweiligen Ende der langen Gänge liegenden großen Waren-Kaufhäuser, JCPenney und Sears, hinter ihren Geschäften einen Lagerplatz für Verpackungsmaterial besaßen. Über den Rand der großen Gitterboxen zu klettern bereitete mir keine Schwierigkeit und so konnte ich dort abends nach Einbruch der Dunkelheit mein Nachtasyl beziehen. Ein aus Pappkartons und weichem Füllmaterial zusammengebautes Schlaflager war schnell geformt. Hier in dieser extrem regenarmen Gegend, klimatisch günstig am Rande der Mojave-Wüste gelegen, war es angenehm, bei moderaten Außentemperaturen im Freien zu nächtigen. Ich musste nur darauf achten, dass ich mein Ruhelager morgens rechtzeitig zu verlassen hatte, bevor die Verpackungsabfälle des Vortages entsorgt wurden.

Auf diese Weise verbrachte ich einige Tage in und um die *Westfield Mall* herum. Zu meinem vorherigen

Aufenthaltsort gab aber noch einen Unterschied: Hier in dieser Mall konnte ich meinen Besitzstand an Nutzgegenständen nicht wesentlich vergrößern. Die Leute ließen nach ihrer Shopping-Tour einfach nichts Brauchbares zurück; meinen geringen Bargeldbestand konnte ich überhaupt nicht verbessern.

Eines Abends, ich hatte als zweite Mahlzeit gerade die Reste einer Pizza Pastrami mit Oliven und Zwiebeln von Firma Domino`s verspeist, setzte sich ein Mann in einem beigefarbenen Arbeits-Overall mit einer Riesenportion Spare-Ribs an meinen Tisch. Auf seiner hellen Schirmmütze war in roten Schriftzügen ein Firmenlogo gestickt: EDDY'S VERMIN OFF. Die Brusttasche seiner Arbeitskleidung trug den Aufdruck, *Eddy Hunter - The Exterminator.* Dieser hochgewachsene, sehnige Typ von circa Ende Dreißig war augenscheinlich ein Kammerjäger, der hier nach getaner Arbeit seine Abendmahlzeit verspeiste. Wir kamen ins Gespräch. Eddy erzählte mir dabei von seiner Arbeit, die ihn als selbständigen Kammerjäger für einen größeren Auftrag nach Palm Springs geführt hatte.

„Eigentlich komme ich ja aus Albuquerque in New Mexico. Kunden habe ich aber im gesamten Südwesten. Ganze schöne Fahrerei hierher, hat sich aber gelohnt."

Er lehnte sich zurück, nahm einen großen Schluck aus seinem XXL-Becher Pepsi und fuhr in seiner etwas schleppenden Art zu sprechen fort, mir von der gerade erledigten Arbeit zu berichten, der Schädlingsbekämpfung in einer großen Reihenhaussiedlung am Rande der Wüste.

„Ach, und ich dachte, es gäbe hier in dieser supertrockenen Gegend nur Skorpione und Schlangen. Aber die sind wohl kaum in Rudeln unterwegs. Ein Betätigungsfeld für einen Kammerjäger hätte ich hier nicht vermutet."

Nun hatte ich aber etwas gesagt. Das Thema gehörte nun einmal zu seinem Job und wie auf einen Knopf gedrückt, fing Eddy Hunter an zu erzählen.

„Von wegen, Schlangen und Skorpione. Die kriegt jeder Trottel vom Grundstück. Aber für Schwärme von Desert Cock Roaches, Wüstenkakerlaken in großen Scharen, da muss schon ein Experte ran. Normale Kakerlaken gibt's hier nicht, die bräuchten zum Leben mehr Feuchtigkeit."

In aller Ausführlichkeit erfuhr ich nun viel Wissenswertes über diese Riesen-Schaben, die sich im Lauf ihrer Evolutionsgeschichte an die Lebensbedingungen einer solchen Wüste angepasst hatten und sporadisch in großen Schwärmen ganze Siedlungen befallen können. Dieser Tiergattung sagte man nach, sie würde selbst einen Atomschlag überstehen. Aber nicht bei Eddy. Der hatte für die Bekämpfung solchen Ungeziefers eine Spezial-Mixtur entwickelt, die nach seiner Aussage hundertprozentig wirksam sei. Den Umgang mit solchen hochgiftigen Substanzen hatte er in der US-Army gelernt, wo er vor etlichen Jahren als Corporal in einer Spezial-Einheit für biologische Kampfmittel eingesetzt worden war.

„Mein früherer Batallionskommandant im Irak-

Krieg, Colonel Beckett, der konnte sich noch gut an den alten Eddy Hunter erinnern. Der Oberst hat mir den Job hier verschafft. Er wohnt seit seiner Pensionierung in Palm Springs. Kann wohl ohne Wüste nicht mehr leben. Gegen die verdammten Kakerlaken in der Mojave kamen er und seine Nachbarn irgendwann nicht mehr an."

Nachdem ich dann keine weiteren sachdienlichen Fragen zum Thema Ungeziefer mehr hatte, verfielen wir in den Ablauf eines normalen amerikanischen Small-Talks, so wie er typischerweise am Anfang einer Unterhaltung von vielen Zufallsbekanntschaften steht.

What's your name - wie heißt Du? Das ist der Klassiker zu Beginn eines fast jeden solchen Gesprächs. Es folgen dann Erörterungen zum Thema Wetter, nach dem Woher und Wohin und wie es einem in der Gegend so gefällt. Meistens wird solch ein Gespräch an dieser Stelle mit einem freundlichen *Nice to meet you* - nett dich getroffen zu haben - beendet. Hätte normalerweise auch in diesem Fall so geschehen können.

Die Tatsache aber, dass ich mit einem unverkennbaren deutschen Akzent sprach, führte zu einer Verlängerung unseres Gespräches; denn mindestens jeder vierte US-Amerikaner konnte von deutschen Vorfahren berichten oder war einmal als Soldat in Deutschland stationiert gewesen. So auch Eddy. Dieser war während seiner Dienstzeit in der amerikanischen Armee für einige Monate in *K-Town,* so der Insidername für die Stadt Kaiserslautern im US-Jargon, stationiert gewesen. Ich kannte diese Stadt aus eigener Anschauung nicht, aber über andere deutsches Spezialitäten, wie Oktoberfest, Autobahnen, Bratwurst und Frolleins unterhielt ich mich gerne mit ihm. Für seine Frage nach meinen weiteren Plänen in den USA hatte ich eine unverfängliche Antwort parat; die eigentliche Geschichte wollte ich ihm nicht erzählen.

„Ach, ich bin einfach auf dem Weg nach Osten. Bis nach New Orleans soll's gehen: Mississippi-Delta. Ist ein alter Traum von mir und da bin ich dann mit Freunden verabredet. Ein bisschen Spaß haben am Ol' Man River. Hab's aber nicht eilig.“

„Wenn Du durchfährst, bist du mit zwei, drei Übernachtungen locker da.“

„Weiß nicht so genau. Bin nicht mit dem eigenen Auto unterwegs. Ich versuch's als Anhalter. Mal sehen, wie das so geht.“

Eddy guckte mich zweifelnd an.

„Ist so 'ne Idee von mir. Als Kontrastprogramm für die stressige Arbeit, jahrelang ohne Urlaub.“

Diese Erklärung hielt ich für ausreichend und ihm schien sie auch zu genügen. Dann folgte etwas Unerwartetes.

„Wenn du möchtest, kann ich dich bis nach Albuquerque mitnehmen. Ist zwar nicht der direkte Weg nach Louisiana, aber dann hast Du schon mal 'nen gutes Stück nach Osten geschafft. Aber nur, wenn du wirklich willst.“

Ich überlegte. Ich wusste zwar nicht genau, wo Albuquerque liegt, aber die zirka zehn Stunden Autofahrt ostwärts, die Eddy mir in Aussicht stellte, würden mich in der Tat mächtig voranbringen. Irgendwie würde ich von dort dann schon wieder auf den Highway No. 10 in Richtung Süden und dann weiter zum Atlantik kommen. Ich sagte zu.

◆

Vom Traumland Kalifornien hatte ich in den zurückliegenden Tagen kaum etwas zu Gesicht bekommen, von zwei lebhaften Küstenorten, einem internationalen Flughafen und der Shopping Mall in Palm Springs einmal abgesehen. Die Fahrt dorthin durch die San Bernhardino Mountains und die Mojave-Wüste hatten mich auch nicht gerade durch einen landschaftlichen Traum geführt. Vom Rest des Bundesstaates Kalifornien sowie die westliche Hälfte des Nachbarstaates Arizona konnte ich mir ebenfalls kein nachhaltiges Bild machen; denn meine Tour mit Eddy Hunter startete abends in der Dunkelheit und hell wurde es erst wieder, als wir uns bereits im Bundesstaat New Mexico befanden. In der Nähe der Stadt Gallup unterbrachen wir die Fahrt an einem Truckstop auf dem Highway No. 40, um zu frühstücken. Die Interstate I-40 folgt hier einem langen Abschnitt der legendären Route 66, der nostalgischen Straße der Sehnsucht: go West - von Chicago nach Los Angeles. Hier unterbrachen wir unsere lange Fahrt, es war Zeit für die zweite Mahlzeit nach unserem Start. Für die Bezahlung kam erfreulicherweise beide Male Eddy unaufgefordert auf, sonst hätte ich aus bekannten Gründen auf diese beiden Stärkungen verzichten müssen.

Insgesamt hatten wir mehrere hundert Meilen Nachtfahrt hinter uns und fühlten uns entsprechend müde. Für mich war es anfänglich noch interessant gewesen, die vielen grell-bunten Flackerlichter der Leuchtreklamen von Motels, Restaurants und und anderen Werbeträger auf mich einwirken zu lassen. Nach einigen Stunden war auch das ziemlich öde geworden und die einzige Abwechslung blieben die nicht immer weitschweifigen Gespräche mit meinem Fahrer. Immer, wenn es um das Thema Schädlingsbekämpfung ging, wurde Eddy sehr ausführlich. Ansonsten kam es nur zu sporadischen Unterhaltungsansätzen über das Thema Sport. Dort, wo ich hierbei thematisch zuhause bin, beim Handball oder Fußball, ergaben sich keine Gemeinsamkeiten für ein Gespräch. Diese Sportarten fanden bei Eddy Hunter, genau wie bei den meisten seiner Landsleute, überhaupt nicht statt. Die einzige amerikanische Sportdisziplin, über die ich andeutungsweise mitreden konnte, war Basketball. Hiervon hatte ich mir rudimentäre Kenntnisse bei der Lektüre verschiedener Zeitungen angeeignet. Eddy hielt mich aufgrund des Logos auf meiner Kappe für einen Anhänger der LA Lakers, was er dann meistens spöttisch kommentierte, auf normale, flappsige Art der Frotzelei unter Anhängern konkurrierender Mannschaften. Er dagegen war mit Leib und Seele Fan der Phoenix Suns, dem besten Profi-Team aus Arizona. Das wäre normalerweise ein guter Ausgangspunkt für eine tiefgehende Sportdiskussion gewesen. Die fand aber nicht statt, was an meinem mangelnden Fachwissen lag. So kämpften wir beide meist schweigend gegen die in Schüben aufkommende Müdigkeit an.

Irgendwo auf dem Freeway, kurz vor Albuquerque, erhielt unsere Stimmung wieder Auftrieb. Die aufgehende Sonne erhellte alles und tauchte die vor uns liegende Landschaft in ein warmes Morgenlicht. Die Schlagschatten des Gegenlichts erlaubten zunächst nur die Sicht auf die dunklen Konturen der Baumreihen links und rechts des Weges. Mit zunehmender Helligkeit trat eine immer klarer erscheinende Landschaft in unser Blickfeld, in dessen Mitte sich das gewundene Band des von der Morgensonne überfluteten Weges metallisch glänzend bis zum Horizont wand.

„So, 'ne gute halbe Stunde noch. Dann bieg ich ab. An der Ausfahrt Tijeras muss ich dann noch ein paar Meilen weiter nach Norden in Richtung Cibola National Forest."

Eddy streckte seine Arme von sich, um die müden Glieder zu entkrampfen und man sah ihm an, dass er sich auf das Ende der Fahrt freute. Für mich sah die Sache anders aus.

„Wie weit muss ich mich dann noch an den 40er Highway halten? Irgendwo muss ich dann wohl wieder nach Süden, oder?"

„Ja, genau. Nach New Orleans kommst du am besten, wenn du dich irgendwo in Texas, bei Amarillo oder so, immer südwärts, in Richtung I-10 begibst. Auf der kannst du dann bis New Orleans draufbleiben."

Ich nickte. Ich musste weiter nach Osten, um letztlich mein Zwischenziel Florida vor Wintereinbruch zu erreichen. Die Ungewissheit über den Verlauf der nächsten Etappe, die nun unmittelbar vor mir lag, fühlte sich jedoch nicht so prickelnd an. Da wandte sich Eddy an mich.

„Äh, sag mal, wenn du möchtest, ich meine, wenn du Zeit hast, könntest du ein oder zwei Tage bei uns bleiben. Platz genug hätten wir. Und Philly freut sich bestimmt über einen Gast aus Europa. So oft haben wir nämlich nicht Besuch, weißt Du?"

Dieses unerwartete Angebot sprach mich sehr an. Die Aussicht, ein paar Nächte in einem bequemen Bett zu verbringen, war überaus verlockend. Ich musste daher nicht lange überlegen.

„Abgemacht. Aber nur, wenn ich wirklich nicht störe. Bei einer amerikanischen Familie ein paar Tage Gast zu sein, das fände ich schon spannend."

Von der Abfahrt 75 bei Tijeras hatten wir noch ca. fünf Meilen auf einer Schotterpiste durch die hüglige Vorgebirgslandschaft zu fahren. Am Ende der Straße stand ein ansehnliches Haus im Wald. Typisch amerikanisch, Steinsockel und darüber viel Holz, rustikal, aber sehr behaglich.

Eddy wurde von seiner Ehefrau Philly herzlich begrüßt. Dann stellte er mich vor. Ich merkte der Frau an, dass sie sich aufrichtig über die Abwechslung eines Besuchs freute. Sie lächelte freundlich, als sie mir zur Begrüßung die Hand reichte.

„Philly, angenehm. Ich bin die Frau von dem da."

Sie zeigte lächelnd mit dem Daumen in Richtung ihres Ehemanns.

„Ich hoffe, du wirst dich bei uns wohlfühlen."

Sie war eine vollschlanke Blondine, eine attraktive Erscheinung in ihrem legeren Outfit, Jeans, T-Shirt und ein locker fallendes, großkariertes Hemd darüber. Allem Anschein nach etwas jünger als ihr Ehemann und von ausgesprochen liebenswürdiger Art.

Bis weit in den Nachmittag hinein genoss ich die Annehmlichkeiten eines komfortablen Bettes, bis Eddy mich weckte, um mit ihnen auf der Veranda Kaffee zu trinken. Anschließend zeigten sie mir ihr Anwesen und ich stellte fest, die Hauseigentümer hatten ein Faible für einen gepflegten Garten. Das sprach mich an, wobei ich sofort erkannte, dass Gartenbau auf diesem kargen Gelände nicht unproblematisch war. Ich würde mich vermutlich mit einigen Tipps nützlich machen können.

Punkt 4:01 pm offenbarten meine Gastgeber eine mir sehr sympathische Gewohnheit: Es gab das erste Bier des Tages, leckeres *Turtle Mountain Maduro Stout*, ein Dunkelbier hier aus der Gegend, in der Art von Guinness gebraut. Es wurde anschließend ein unterhaltsamer Abend daraus, was aber nicht ausschließlich am Verzehr des köstlichen Getränks lag.

Eddy hatte am nächsten Tag frei. Ich konnte ihn und Philly ausreden, mir die nahe gelegene Stadt zu zeigen, indem ich ihr Interesse auf den Garten fokussierte. Bei einem Bummel durch die Großstadt wäre ich an einer Shopping-Tour und einem anschließenden Restaurantbesuch kaum vorbeigekommen. Die dabei vorprogrammierte Peinlichkeit, als Gegeneinladung nicht einmal ein Getränk spendieren zu können, wollte ich mir ersparen. Dann lieber Gartenarbeit. Sie stimmten zu und waren sehr erfreut über meine fachmännischen Vorschläge zur Verschönerung des Gartens. Wir arbeiteten alle drei fast bis zur Erschöpfung, schafften es aber nicht, das Vorhaben komplett zu beenden.

Das übernahmen Philly und ich dann am nächsten Tag. Ihr Ehemann begab sich nach dem Frühstück zu einem Kundentermin. Philly und ich hatten unser geplantes Tagespensum gegen Mittag erledigt, gerade als es spürbar wärmer wurde. Sie begab sich in die Küche, um eine Mahlzeit zu bereiten. Ich ging ins Bad, wo ich eine ausgiebige Dusche genoss. Als ich mich danach rasierte, öffnete sich die Badezimmertür und ich sah Philly im Spiegel, die mich in meiner Nacktheit lächelnd musterte. Ihr Lächeln war ein anderes als vorher und auch sonst war sie völlig anders, nämlich splitternackt. Sie kam langsam auf mich zu, legte ihre Hände auf mein Gesäß und fuhr streichelnd mit ihren Fingern über meine Lendengegend. Es war kein Schreck, der mich kurz verharren ließ. Ich hielt nur für den Bruchteil einer Sekunde inne, mit dem Gedanken, die Frau des Gastgebers vögelt man nicht. Aber Philly hatte alles voll im Griff. Sie musste sich keine Mühe geben, mich anzutörnen. In dem schon seit einiger Zeit bestehenden Zustand des sexuellen Notstands kam ich aus meiner Notgeilheit heraus blitzartig in eine hoch erregte Bereitschaft. Wir verhakten uns förmlich ineinander und taumelten eng umschlungen aus dem Bad, ohne das Schlafzimmer auf direktem Wege zu erreichen. Die Wohnzimmercouch war der erste Platz, auf den wir zu einem ersten stürmischen Liebesakt sanken. Was mich in dieser Situation antrieb war klar, Phillys Motive nicht so unbedingt. Immerhin lebte sie mit einem jungen kräftigen Ehemann zusammen.

Wir bekamen nicht so schnell genug voneinander. Nach einer kleinen Pause begaben wir uns ins Schlafzimmer, wo wir uns in der Geräumigkeit des King-Size-Bettes intensiv vergnügen konnten. Das gegenseitige eindringliche Verlangen lebten wir voller Genuss aus. Philly war die Art von Sexpartnerin, die auch auf dem Höhepunkt der Lust nur verhaltene Laute von sich gab, wie ich inzwischen festgestellt hatte. Um so erstaunter war ich dann, als sie urplötzlich einen lauten Schrei ausstieß, mich seitlich von ihrem vor Schweiß nassen Körper stieß und dabei hysterisch kreischte.

„Eddy! Hilf mir! Dieses Schwein hat mich vergewaltigt."

Ich war völlig verdattert. Durch ihre abrupte Rollbewegung fiel ich seitlich neben das Bett und entging so einem kräftig angesetzten Faustschlag des vor Eifersucht rasenden Ehemanns. Dieser war unerwartet früh von seinem Termin zurückgekommen und hatte die verfängliche Situation sofort erahnt und war ins Schlafzimmer gestürzt. Was er bei dieser Sachlage von der Bezichtigung einer Vergewaltigung seiner Ehefrau gehalten hatte, habe ich nie erfahren. Ich aber, als direkt Beteiligter, kannte den wahren Sachverhalt sehr wohl.

Voller Panik hatte ich mich aufgerappelt und war ins Wohnzimmer gestolpert. Philly hatte sich ein Betttuch um ihren nackten Körper gewickelt und war laut schreiend in das Badezimmer gehetzt. Von dort aus stachelte sie ihren Ehemann zu einem weiteren Rachefeldzug an.

„Mach ihn fertig, Eddy! Bring das Schwein um! Oh, mein Gott, was der mit mir gemacht?"

Es hätte einer solchen Aufforderung kaum bedurft. Eddy Hunter war so in Rage, dass er mir wild drohend hinterherjagte, geradewegs auf den im Wohnzimmer befindlichen Waffenschrank zu, in dem diverse Handfeuerwaffen lagerten, die mir der Hausherr anlässlich der Hausbesichtigung voller Stolz präsentiert hatte. Diese typisch amerikanische Eigenart des privaten Waffenbesitzes könnte verheerende Folgen für mich haben. In meiner Not griff ich zu einem Sitzhocker und schleuderte diesen mit aller Kraft auf meinen wütenden Verfolger. Der wollte ausweichen, geriet dabei ins Stolpern und verfing sich mit dem Fuß an der Teppichkante. Auf diese Weise abrupt gebremst, fiel er nach vorne und schlug dabei mit der Schläfe krachend auf die Eckkante des schweren Couchtisches. Neben einem Tischbein kam er zum Liegen. Um seinen Kopf herum bildete sich augenblicklich eine Blutlache. Aus knapp einem Meter Entfernung blickte ich voller Entsetzen auf den leblos daliegenden Körper.

Philly Hunter hatte aus dem Badezimmer heraus das Krachen vernommen und wollte nun sehen, was die anschließende Stille zu bedeuten hatte. Sie blinzelte verschreckt mit von Tränen verschmierten Augen durch einen Spalt der Badezimmertür und verfiel in einen erneuten Schreikrampf.

„Mein Mann! Du verdammter Hurensohn! Du hast ihn umgebracht. Du Mörder!"

In dieser katastrophalen Situation kam jetzt zu meinem Entsetzen eine gehörige Portion Wut auf die durchgedrehte Philly hinzu. Schließlich war ich nicht der alleinige Verursacher dieses unheilvollen Geschehens.

„Nun hör endlich auf damit. Du weißt genau, wie es wirklich war. Und das hier, das ist ja wohl eindeutig ein Unfall."

Sie schlug die Tür zum Bad zu und verriegelte diese hörbar von innen. Ich stand nun mehr als hilflos in diesem Desaster, musste aber handeln. Ich musste hier weg. Mit einem Minimum an Konzentration raffte ich meine Kleidung zusammen, zog mich an und verließ das Haus. Ich vergaß nicht, vorher den Telefonanschluss aus der Wand zu reißen und die beiden Mobiltelefone des Ehepaars Hunter an mich zu nehmen. Mit schlotternden Knien und zittrigen Händen startete ich Eddys Lieferwagen und fuhr in Richtung Hauptstraße. Als ich den Stichweg an der Einmündung auf den Highway erreicht hatte, hatte sich meine Panik etwas gelegt.

Direkt neben der Auffahrt befand sich ein kleiner Truck-Stop mit einer Telefonzelle davor. In ausreichendem Abstand, ich wollte nicht mit Eddys Wagen gesehen werde, stieg ich aus dem Fahrzeug und ging zum

Münzfernsprecher vor dem Laden. Über die kostenfreie Notruf-Nummer 911 meldete ich den Vorfall bei den Hunters. Danach zertrampelte ich die Handys der beiden und entsorgte sie in einem Müllcontainer.

Nun musste ich die Entscheidung treffen, in welche Richtung ich fliehen wollte. Der ursprünglich geplante Weg auf der I-40 in östlicher Richtung nach Texas erschien mir zu gefährlich; denn mit Eddy und Philly hatte ich mehrmals über Einzelheiten meiner Weiterfahrt gesprochen. Im Falle einer Fahndung durch die Staatspolizei würde man mich vermutlich zuerst dort vermuten, wobei mir aber nicht klar war, wer genau wo nach mir suchen würde. Ich hatte immer noch die geringe Hoffnung, dass Eddy Hunter nur verletzt und bewusstlos war. Wäre er tatsächlich bei seinem Sturz ums Leben gekommen, befände ich mich in einer aussichtslosen Situation; denn im Gegensatz zu geringeren Straftaten wie einfache Körperverletzung, werden in den USA Tötungsdelikte bundesweit vom FBI verfolgt. Die jeweilige Staatspolizei der Bundesstaaten hat dahingegen keine Ermächtigung, bei geringfügigen Delikten, grenzüberschreitend zu fahnden. Die Zuständigkeit endet in solchen Fällen dort, wo auch der jeweilige Bundesstaat endet.

Ich fuhr also nach Westen, in die Richtung, aus der ich vor Kurzem erst gekommen war. Bis nach Albuqerque war es nicht sehr weit. Ich wusste inzwischen zwar, dass diese die größte Stadt New Mexicos ist, hatte aber nicht mit solch einem gewaltigen Ballungsgebiet gerechnet. Hier lebt mit über eine halbe Million Einwohnern mehr als ein Viertel der Gesamtbevölkerung des Staates, der flächenmäßig fast so groß wie Deutschland ist aber insgesamt nur kaum mehr Einwohner als Hamburg hat. Entsprechend hoch ist hier auch das Verkehrsaufkommen. Bei meiner jetzigen Fahrt, der ersten eigenständigen über ein dicht befahrenes Highway-System in den USA, hatte ich die Besonderheiten des hiesigen Straßenverkehrs schnell kapiert. Die Ausschilderung war leicht verständlich, auch wenn ich nicht genau wusste, wohin meine Fahrt führen sollte. Gerade Endzahlen der Nummerierungen großer Highways weisen immer auf eine Ost-Westrichtung hin, ungerade Ziffern stets auf eine Verbindung in Richtung Nord-Süd. Ich entschied mich an einem stark befahrenen Autobahnkreuz für die I-25, die in Richtung Norden führte und mich irgendwie in einen der angrenzenden Nachbar-Bundesstaaten, Colorado, Oklahoma oder Texas bringen würde.

Bis zur Landeshauptstadt Santa Fe benötigte ich ungefähr eine Stunde Fahrzeit. Ein paar Meilen südlich der Innenstadt wechselte ich von der I-25 auf den St. Francis Drive, der in nördlicher Richtung an der Stadtmitte vorbeiführte. Auf der gesamten Strecke durch die Stadt konnte ich bewundernd feststellen, dass es im gesamten Innenstadtbereich keine Hochhäuser gab. Alle Gebäude waren im typischen Adobe-Stil der Pueblo-Indianer errichtet. In die erdfarbenen Hauswände waren oft hellblaue Tür- und Fensterrahmen als farblicher Kontrast eingefügt. Indianische Ornamente und üppige Kränze aus geflochtenen dunkelroten Chilischoten verliehen dem architektonischen Gesamtbild der Altstadt ein äußerst malerisches Flair, besonders jetzt um diese Tageszeit, in der die späte Nachmittagssonne die Szenerie in einen warmen, rötlichen Farbton tauchte.

Ich musste mich dann aber mit einer profaneren Begebenheit befassen: dem Stand der Kraftstoffanzeige. Diese zeigte auf fast leer. Ich wollte es nicht riskieren, das Auto bis zum völligen Nullstand zu fahren und dann eventuell irgendwo in der Wildnis ohne Sprit dazustehen. Ein Nachtanken kam für mich ja auch nicht infrage. Am Abzweig Hyde Park Road entschloss ich mich, einem Wegweiser zum *Santa Fe Institute,* einer geisteswissenschaftliche Akadamie, zu folgen. Ich fuhr mit dem weißen Dodge-Van von Ungeziefer-Eddy auf den gut besetzten Parkplatz vor dem Institut und stellte ihn dort ab. Ein Lieferwagen eines Dienstleistungsunternehmens mit einem einheimischen Auto-Kennzeichen würde hier nicht so leicht auffallen. Allerdings wusste ich anschließend nicht, wohin ich nun gehen sollte.

Als ich gerade das Institutsgelände verlassen wollte, kam ich an dem Parkplatz für Fahrräder vorbei. Ich hatte die Hoffnung, ein unverschlossenes Rad zu finden, fast aufgegeben, als ich doch noch fündig wurde. Ein etwas älteres Modell, das ohne Befestigung an einer Haltestange lehnte, war in dieser Situation ein absoluter Glückstreffer für mich. Dass dieser Drahtesel deutliche Gebrauchsspuren aufwies, störte mich überhaupt nicht. Zwar hatte ich mir zu Beginn meiner

Reise fest vorgenommen, auf keinen Fall zu stehlen, aber das hier war eine absolute Notlage. Ich überwand mein schlechtes Gewissen und schwang mich auf das Bike, dessen Markenbezeichnung *Trek 3700* mir nichts sagte; es fuhr sich aber gut. Ich verließ die malerische Stadt Santa Fe auf der Bishop's Lodge Road in nordöstlicher Richtung.

♦

Als geübter Radfahrer besaß ich eine gute sportliche Kondition. Allerdings stellte ich schnell fest, dass ein großer Unterschied besteht zwischen einer Fahrradtour im norddeutschen Flachland und einer auf den Hochebenen im Südwesten der USA. Die Gegend um Santa Fe liegt auf einer Höhe von gut zweitausend Metern am Fuße der Sangre Cristo Range, auf der dem windabgewandten Seite der Rocky Mountains. Auffallend ist hier die äußerst trockene Luft. Die Haut und die Schleimhäute trocknen extrem schnell aus; man wird ständig von einem Durstgefühl gequält. Feuchtgebiete sind hier nur in der Nähe von Flüssen anzutreffen. Der größte von ihnen ist der Rio Grande, der auf seinem Weg in den Golf von Mexico rostrote Tafelberge in mystischen Ödlandschaften durchschneidet. Zwischen bewaldeten Hängen reichen kahle Steilhänge bis auf den Grund der Täler hinab. Hier, in der Region um Red River, befinden sich ausgezeichnete Skipisten. Die warmen Sommermonate sind eine ideale Zeit, um hier Kanu-Rafting oder Gebirgs-Trekking zu betreiben. Das alles vor der Kulisse des mächtigen Wheeler Peak, der die gesamte Gegend mit seinem über viertausend Meter hohem Gipfel überthront. Jetzt im Herbst zieht es nur wenige Touristen in diese landschaftlich reizvolle Gegend inmitten einer weitestgehend unberührten Natur.

Diese archaisch anmutende Landschaft vermittelt einem alleine reisenden Menschen ein Gefühl von absoluter Einsamkeit. Für mich kam erschwerend hinzu, das ich mich auf der Flucht befand. Die Ungewissheit über die Folgen einer möglichen polizeilichen Fahndung ließen mich mental in ein tiefes Loch fallen. Der Adrenalinschub, der mich vom Tatort bei den Hunters bis hierher auf Hochtouren hatte laufen lassen, hatte seine aufputschende Wirkung verloren. Ich war völlig fertig und musste runter von der Piste. Das Fahrrad, mit dem ich unterwegs war, besaß keine Beleuchtung, sodass es lebensgefährlich werden könnte, so durch die Dunkelheit zu fahren. Kurz hinter einem Straßenschild mit der Entfernungsanzeige TAOS - 55 Miles – stieg ich vom Rad. Menschliche Ansiedlungen waren in dieser Gegend selten anzutreffen, von den von mir bevorzugten Flughäfen oder Shopping-Malls ganz zu schweigen. Ich musste mir also einen Platz für die Nacht hier in der Wildnis suchen. Ich hatte Glück. Nicht weit vom Straßenrand befand sich ein Lagerplatz eines nahen Sägewerks. Dort stellte ich das Rad ab, kroch in einen Schuppen und fiel wenige Minuten später - inmitten von Säcken voller Sägespäne - in einen tiefen Erschöpfungsschlaf.

Verblüffend, was ein langer Tiefschlaf bei einem total erschöpften Menschen bewirken kann. Die Strahlen der wärmenden Morgensonne brachten mich früh am nächsten Tag in einen Zustand voller ausgeruhter Regeneration zurück. Ich sah mich um. Was mir außer der äußerst malerischen Landschaft ins Auge fiel, war die etwas entfernter liegende Betriebsanlage eines Sägewerks. In dessen dazugehörigem Spänelager hatte ich genächtigt. Ich begab mich mit meinem Fahrrad in Richtung Hauptplatz des Betriebes, wo vier Arbeiter gerade ihre Kaffeepause genussvoll abhielten. Nach deren erstem Augenschein gab ich wohl ein etwas seltsames Bild eines Besuchers ab.

„Wo kommst Du denn her?"

Der ältere Arbeiter im karierten Arbeitshemd über einer blauen Latzhose zeigte lachend auf mich. Ich hatte mich noch nicht komplett von den Sägespänen befreit und musste in der Tat einen drolligen Anblick abgegeben haben.

Als ich dann die Frage auch noch mit,

„Aus Deutschland", beantwortete, brachen alle Vier in ein schallendes Gelächter aus. Die Frage an mich war eigentlich anders gemeint, nämlich wo ich jetzt direkt herkäme und nicht, welchen Ursprungs ich wäre.

Solch ein unbeabsichtigter Scherz am Morgen schuf sofort eine gewisse Nähe und als ich ihnen von einer geplanten Radtour von Albuquerque nach New Orleans erzählte, hörten Sie aufmerksam zu. Für abgedrehte Sportaktivitäten erntete man bei den meisten Amerikanern bewundernde Anerkennung. Meinen sehnsüchtigen Blick auf den Frühstückstisch hatte der Vorarbeiter sofort richtig interpretiert und stellte mir einen Becher mit dampfenden Kaffee und einen Papp-Teller mit Donuts hin. Kaum zu beschreiben, wie mir dieser Imbiss mundete.

Anschließend wurde ich mit vielen guten Ratschlägen hinsichtlich der von mir erwähnten Radtour bedacht.

„Eigentlich bis du hier völlig falsch. Viel zu gebirgig hier. Aber für jemanden mit viel Zeit und guter Kondition? Die schönere Strecke ist es allemal. Auf dem direkten Weg über I-10 oder I-40 ist die Landschaft nicht annähernd so reizvoll."

Zunächst würde ich anschließend wohl noch eine längere Strecke bergan fahren müssen. Dann, hinter dem Ort Taos, sollte es nach der Beschreibung in östlicher Richtung nur noch abwärts gehen.

„Dann kannst du den Bock einfach rollen lassen. Solange bis du am Golf bist. Das Meer dort unten wird dich irgendwann schon stoppen."

Das war natürlich scherzhaft gemeint und maßlos übertrieben. Aber vom Nordwesten Texas' bis an die Golfküste geht es tatsächlich überwiegend bergab, wobei man für eine geschätzte Distanz von über achthundert Meilen wohl reichlich Schwung bräuchte.

Zuerst aber einmal die Strecke bis zur Ortschaft Taos, der ältesten durchgehend bewohnten städtischen Ansiedlung Amerikas. Für diesen Abschnitt von knapp sechzig Meilen brauchte ich fast vier volle Tage. Meine Kondition reichte noch nicht aus, längere Etappen auf solch einem anspruchsvollen Streckenprofil schneller zu bewältigen und so musste ich die anstrengende Tour mehrfach täglich unterbrechen. Unterwegs konnte ich mich gut mit Essbarem versorgen. In günstiger Entfernung.zur Straße fand ich auf diversen kleineren Farmen genügend Obst und Nüsse, die jetzt im Herbst in großer Vielfalt dort reiften. In dieser Gegend findet man auch Weinbaubetriebe, dessen Ursprünge auf die ersten spanischen Siedler im 16. Jahrhundert zurückgehen. Viele idyllische Plätze, an denen ich mich ausruhen und stärken konnte.

Kurz vor der malerisch gelegenen *Los Luceros Winery* wurde ich aus meinen Landschaftsbetrachtungen gerissen und in meine Alltagsprobleme zurückgeholt. Auf der Gegenspur kam mir ein Polizeifahrzeug entgegen, das seine Geschwindigkeit drosselte. Als es sich auf gleicher Höhe mit mir befand, öffnete sich das Autofenster und vor dem Gesicht eines uniformierten Polizisten zeigte eine Hand auf mich.

„Bleib dran. Immer weiter so. Das sieht sehr gut aus."

Der Beamte reckte den Daumen seiner linken Hand nach oben, grüßte noch einmal freundlich und beschleunigte wieder. Einerseits erleichterte mich diese unverfängliche Begegnung mit der Staatsmacht, andererseits schaufelte sie wieder unangenehme Erinnerungen in mir hervor. Ich musste mir Klarheit verschaffen und irgendwie Näheres über das Schicksal Eddy Hunters erfahren.

Im Städtchen Taos angekommen, unterbrach ich meine Fahrt für eine längere Pause auf dem zentralen Platz, der Taos Plaza. An dem hübschen Anblick der im Adobe-Stil erbauten Altstadt konnte ich mich erst einmal nicht erfreuen. Ich ging gezielt auf die nächste

Telefonzelle zu, fummelte eine Quarter-Münze aus der Tasche meiner Jeans und nahm Eddys Visitenkarte zur Hand. Mit unsicheren Fingern wählte ich dessen Nummer. Nach dem sechsten Tonzeichen meldete sich jemand am anderen Ende der Leitung.

„Eddy's Vermin Off, was kann ich für Sie tun?"

Vor Freude hätte ich durch die Telefonleitung springen können. Es war Eddys Stimme, die mir da entgegendröhnte. Ich legte den Hörer auf. Der Typ hatte den Sturz überlebt. Eine Riesenlast fiel von mir ab. Falls mir überhaupt noch Strafverfolgung drohte, dann nur noch wegen eines eher minder schweren Deliktes.

Heute, aus der Distanz mehrerer Jahre rückblickend, durchlebte ich in der folgenden, fast zweihundert Meilen lange Strecke, von Taos zur texanischen Grenze, eine der prägendsten Entwicklungsphasen meines emotionalen Daseins. Das grandiose Landschaftspanorama, durch das ich damals förmlich schwebte, hat sich für mich im Laufe der Zeit zu einem einzigen überwältigenden Gesamteindruck verdichtet. Aus einer übermüdeten Körperlichkeit heraus war ich in eine Art Trance aufgestiegen. An spezielle Orte kann ich mich heute nicht mehr konkret erinnern. Für diese euphorische Stimmungslage war natürlich in erster Linie die Riesenerleichterung durch meinem Anruf bei Eddy verantwortlich. So tauchte ich tief in die Einsamkeit einer mich umhüllenden Sphäre der Stille ein. Ein eindringlich surrendes Rollen von fast meditativer Dimension auf dieser glatten Piste bestimmte den äußeren Takt. In diesem Stadium der Selbstfindung war es der Text eines bekannten Songs, der mich auf eine andere Spur der Daseinswahrnehmung brachte:

Janis Joplin, Me and Bobby McGee: *„Freedom is just another word for nothing left to lose."*

Die Bedeutung dieses Liedes war für mich greifbar geworden. Ich hatte nichts mehr zu verlieren, zumindest nichts Materielles. Ich hatte verstanden. Diese Interpretation eines Gefühl von Freiheit blieb lange Zeit tief in mir verankert.

Die Befindlichkeit meines amerikanischen Abenteuers hatte sich in lichte Höhen begeben. Und fahrtechnisch? Es ging tatsächlich fast nur noch bergab.

◆

„Wenn man auf dem Landweg von der Pazifikküste in Kalifornien zum Mississippi reist, fährt man die längste Zeit durch Texas."

Zitat von Jerry Jeff Redding, einem freundlichen Handelsvertreter für Küchenmaschinen, der mich von Abilene nach San Antonio mitnahm. Ich erhielt so eine ungefähre Vorstellung von der Größe des zweitgrößten Bundesstaats der USA. Auf meinem Weg durch dieses riesige Stück Land musste ich eine Menge an Zeit und Geduld investieren, bis ich den Golf von Mexiko nahe der kleinen Hafenstadt Port Aransas erreichte.

Vorher war ich in einem Meer der anderen Art gestrandet. In der unendlich scheinenden Prärie der Rita Blanca Grasslands, gleich hinter der Grenze des Nachbarstaats New Mexico, musste ich mich von 'meinem' Fahrrad verabschieden. Die Fahrradgabel brach, als ich nach einer Pinkel-Pause in der Nähe von Hereford wieder aufsitzen wollte. Totalschaden. Ich konnte einen Sturz auf die Asphaltpiste gerade noch vermeiden und war heilfroh, dass sich dieses Desaster nicht auf einer der rasanten Abfahrten in den Bergen ereignet hatte. Das wäre es dann gewesen. So musste ich mich allerdings wieder auf das Trampen einrichten. In dieser dünnbesiedelten Gegend hat diese Art zu reisen zwei Aspekte. Einmal den nachteiligen, dass das Verkehrsaufkommen sehr gering ist, mit der Folge langer Wartezeiten. Andererseits ist es von Vorteil, dass anhaltende Autofahrer meist längere Strecken zu bewältigen haben, was für mich eine geringere Anzahl an Etappen bedeutete. Zunächst hieß es aber Warten, stundenlang.

Ich fand mich in einer Situation wieder, die mich an ein melancholisches Roadmovie erinnerte: ein einsamer Reisender, völlig alleine in einer menschenleeren Umgebung. Die Straße vor mir windet sich wie ein graues Band durch die strohgelben, wogenden Wellen des trockenen Präriegrases. Der Blick wird in dieser Eintönigkeit nur gelegentlich abgelenkt durch vereinzelt aufgewirbelte Kugelsträucher von getrockneten Tumbleweed-Rollen, sogenannten Steppenrollern, die der Wind über die Piste treibt. Irgendwann bekam ich dann aber wieder Anschluss an das 'normale' Leben. Der Fahrer eines klapprigen Pick-up nahm mich mit bis zur nächsten kleinen Ortschaft namens Dimitt.

Bis zur Ankunft am Meer habe ich unterwegs die Reise zweimal an einem Airport unterbrochen: in Lubbbock und in San Antonio. So gut es ging, bemühte ich mich, meine äußere Erscheinung in den Sanitäreinrichtungen des Fluggastbereiches wieder einigermaßen herzurichten. Die vielen Tage auf dem Rad sowie die zahlreichen Nächte im Freien hatten mir ein Erscheinungsbild verliehen, das auf viele Autofahrer nicht gerade vertrauenerweckend wirkte. Meinen persönlichen Besitzstand konnte ich bis auf einige Hygieneartikel und Zeitschriften leider nicht weiter vergrößern. Diese beiden Flughäfen sind eben viel kleiner als der in Los Angeles und daher sehr viel weniger ergiebig in Bezug auf meine Bedarfsdeckung.

Vom Start in Kalifornien bis zu meiner Ankunft an der texanischen Golfküste hatte ich etwas mehr als einen Monat gebraucht. Nicht schlecht, wenn man berücksichtigt, dass ich nicht den direkten Weg über die I-10 gewählt hatte. Meine diversen Zwischenaufenthalte und die vielen Tage auf dem Fahrrad hatten natürlich eine Menge Zeit gekostet. Aber davon hatte ich ja ausreichend zur Verfügung. Eine einsame Fahrt durch ein leeres Land war zur Routine für mich geworden. Die dann noch ausstehenden gut tausend Meilen bis nach Jacksonville an der Atlantikküste Floridas würde ich bis zum Winteranfang aller Voraussicht nach wie geplant bewältigen können. Ich ahnte da aber noch nicht, dass meine Reise dorthin völlig anders als geplant verlaufen würde.

Es war ein herrlich sonniger Nachmittag, als ich hinter den Dünen von Port Aransas das ruhige Wasser des Golfs von Mexiko im warmen Licht der Herbstsonne verlockend schimmern sah. Nach den langen Wochen meiner Fahrt durch überwiegend dürre Trockengebiete konnte ich nicht schnell genug ins Wasser kommen. Das hat hier am Rande des subtropischen Klimagürtels selbst im Spätherbst noch Temperaturen, die die Ostsee bei uns zuhause nicht einmal im Hochsommer bietet. Meine Habseligkeiten deponierte ich direkt

neben einer Apartment-Anlage, dem *Island Retreat.*
Dort befanden sich praktischerweise mehrere Frisch-
wasserduschen für die Gäste der Anlage. Das warme
Meerwasser verließ ich in meinen ersten Tagen am
Strand nur selten.

Gleich am Abend des Ankunftages machte ich die
Bekanntschaft mit Carlos Ruíz, dem mexikanischen
Hausmeister der Ferienanlage. Jetzt in der Nachsaison
waren nicht mehr alle Ferienwohnungen vermietet, sodass Carlos viel freie Zeit hatte. Wir saßen abends bei
Bier und Tequila vor seinem Dienstraum und genossen
den Sonnenuntergang über dem Meer. Mir tat es unendlich gut, nach so langer Zeit des Einsamkeit, einen
Gesprächspartner gefunden zu haben. Der Alkohol
löste die Zunge und die Schilderungen meines Rei-
seabenteuers sprudelten nur so aus mir heraus. Carlos,
der seine Heimat aus rein wirtschaftlichen und sozia-
len Gründen verlassen hatte, war verblüfft, als er den
Hintergrund meiner Reise erfuhr.

„Ich glaub es nicht. Du verlässt deine Heimat ohne
dringenden Grund. Einfach so. Familie, Freunde, Arbeit, die ganze soziale Sicherheit, alles weg?. Amigo,
Du bist verrückt."

Im Grunde hatte er ja Recht; denn auch ich habe auf
meiner Reise ja auch oft an meinem Verstand gezwei-
felt. Aber ansonsten verstanden Carlos und ich uns
prima und verbrachten eine gute Zeit miteinander.
Mein mexikanischer Freund besorgte mir einen Schlafplatz im Beach-Resort. Nicht, wie ich zunächst gehofft
hatte, in einem der leerstehenden Apartments, das

traute er sich nicht. Ich durfte im Lagerraum für die Schaumstoffauflagen der Liegestühle nächtigen, was mir im ersten Moment etwas primitiv erschien, sich dann aber als ein total komfortables Nachtlager entpuppte.

Dieses Strandidyll währte etwas länger als eine Woche. Danach verschlechterte sich das Wetter, ich erlebte die ersten Regentage während meiner gesamten Reise. Deshalb war ich sofort interessiert, als Carlos mir erzählte, dass sein Schwager Diego nach Galveston fahren wollte, um seinen Onkel dort zu besuchen. Diego hatte kein Problem damit, mich dorthin mitzunehmen und für mich ergab sich so eine günstige Gelegenheit, über zweihundert Meilen weiter ostwärts zu gelangen.

Während der gesamten Fahrt fuhren wir durch schlechtes Wetter. Der Regen wurde immer stärker, der Wind blies derartig heftig, dass er spürbar am Auto zerrte. Als wir in Galveston ankamen, hatte sich der Sturm zu einem Orkan entwickelt. Ich kannte die Stadt überhaupt nicht und als Diego mich fragte, wo er mich absetzen solle, zeigte ich ich einfach auf das nächstbeste Restaurant, das mir in der Stadtmitte ins Auge fiel, *The Pink Dolphin*, direkt im Zentrum und nur wenige Blocks von der Uferpromenade entfernt. Als ich hier in der 23th St. aus dem Auto stieg, hätte mich der Orkan fast weggeblasen. Mein Fahrer war sofort weitergefahren und ich stand hilflos in einem immer weiter anschwellenden Chaos. Ich sah auf eine Stadt, die sich in Auflösung befand. Auf Anordnung der Behörden wurde Galveston evakuiert; der Orkan sollte sich nach der aktuellen Wettervorhersage in Kürze zu einem Hurrikan der schwersten Kategorie entwickeln. Überall Menschen in Panik. Die Einwohner der Stadt, die eben noch die letzten Sicherungsarbeiten an ihren Wohnhäusern und Geschäften vorgenommen hatten, flohen mit vollbeladenen Autos hektisch in Richtung Landesinnere. Es galt, soweit wie möglich weg von der Küste zu gelangen. Es war zwar noch früh am Tag, jedoch legte die drohend dunkle Wolkendecke des Unwetters einen Mantel der Finsternis über die gesamte Szenerie, nur hier und da durch das blau-rote Geflacker der Warnlichter auf den Polizeifahrzeugen unterbrochen. Hängeampeln, Verkehrsschilder, Straßenlaternen, alles wurde geschüttelt oder sogar durch die Luft gewirbelt. Der Wirbelsturm entwickelte eine derartige Kraft, dass selbst volle Müllcontainer durch die Luft geschleudert wurden. Das grauenvolle Szenerio wurde akustisch noch verstärkt. Polizeisirenen sowie Lautsprecherdurchsagen der Ordnungskräfte, die ihre letzten Runden drehten, bevor sie vor den Naturgewalten endgültig kapitulierten, ließen das Inferno weiter anschwellen. Jeder, der sich bis jetzt noch in der Stadt aufhielt, wurde aufgefordert, diese unverzüglich zu verlassen. Bei Zuwiderhandeln drohte eine Strafverfolgung wegen des Verdachts auf Plünderei.

Ich hätte diesen Ort des Schreckens nur zu gerne verlassen, aber wie und vor allem wohin? In meiner Not sah ich die einzige Schutzmöglichkeit, in das auf der gegenüberliegenden Straßenseite befindliche Parkhaus zu gelangen, dessen Umriss wie ein massiver Weltkrieg II-Bunker in die Finsternis ragte. Solch ein mächtiger Betonklotz würde dem Hurrican standhalten können. Mit großer Anstrengung schaffte ich es, bis auf die mittlere Ebene des Parkhauses vorzudringen. Die schlimmste Gefahr drohte dort von den Wassermassen, die fast waagerecht in unvorstellbaren Mengen durch die Lüftungsöffnungen gedrückt wurden und in gewaltigen Sturzbächen abwärts rauschten. Die äußerst starken Luftverwirbelungen stellten ein weiteres Problem dar. Ich suchte daher nach einen toten Winkel, in den ich mich so positionieren konnte, dass die Wassermengen und der extreme Luftsog mich nicht erfassen konnten. In solch einer Ecke verharrte ich wie gelähmt, den Rücken fest an die Wand gedrückt. Lange Stunden traute ich mich nicht von der Stelle. Meine Panik wurde durch die unheimliche Geräuschkulisse verstärkt, die mich in ihrer brutalen Lautstärke fast wahnsinnig werden ließ.

An diesem finsteren, extrem bedrohlichen Ort verlor ich bald jedes Gefühl für Zeit und Raum. Meine Panik war irgendwann einer lähmenden Lethargie gewichen. Ich könnte daher nicht mit Bestimmtheit sagen, wie lange dieses Desaster insgesamt andauerte. Irgendwann stellte sich dann doch eine Änderung zum Besseren ein. Die infernalischen Geräusche nahmen ab, die Wasserfluten wurden geringer und zaghafte Aufhellungen durch diffuses Tageslicht waren erste Anzeichen einer Veränderung in Richtung Normalzustand.

Auf wackligen Beinen war ich an die Brüstung eines

Luftschachtes gewankt und sah hinunter auf die Innenstadt Galvestons, beziehungsweise, auf das, was von dieser übrig geblieben war. Ein furchtbarer Anblick bot sich mir. So ähnlich hatte ich mir immer eine Stadt nach einem Bombenangriff vorgestellt. Noch für Stunden geschockt blieb ich in meinem Bunker und traute mich erst viel später auf die Straße, wo die ersten Bewohner mit ihren Aufräumarbeiten begannen.

Von dem nebenan befindlichen privaten Pflegeheim, Sigma Health Care, war nur noch eine Ruine übrig geblieben. Direkt daneben war eine mexikanische Familie damit beschäftigt, ihr kleines Feinkostgeschäft aus dem Schutt auszugraben. Ohne viel Worte packte ich mit an und am späten Nachmittag hatten wir soviel freigeräumt, dass der Inhaber von Rodrigo's Deli die inneren Räumlichkeiten seines Ladens begutachten konnte. Viel war von seinem Delikatessengeschäft nicht heil geblieben.

Nach einer kleinen Mahlzeit, die mir die Familie angeboten hatte, ging ich weiter in Richtung Promenade. Ich hatte vor, auf der Küstenstraße aus der Ortschaft herauszukommen. Viel Hoffnung auf eine Mitfahrgelegenheit hatte ich jedoch in diesem Chaos nicht. Zwei Blocks weiter in Richtung Pier und Leuchtturm ließ mich ein Geräusch innehalten. Es klang anfangs wie das Jammern einer Katze, die da irgendwo verschüttet worden war. Als ich genauer hinhörte, erkannte ich aber die wimmernde Stimme einer Frau. So weit ich es mit bloßen Händen schaffen konnte, wühlte ich mich in den vor mir liegenden Schutthaufen ein. Das erste, was ich von der Frau sah, war ihre verschmutze und blutig zerkratzte, zitternde Hand.

„Halten Sie durch. Ich hol Sie da raus. Keine Sorge, ich schaffe das.."

Voller Hektik riss ich gebrochene Bretter aus dem Haufen und grub solange in den Trümmern, bis ich den größten Teil des Körpers einer Frau freigelegt hatte. Dann kam ich nicht weiter voran. Sie lag eingeklemmt unter einem schweren Stützbalken, den ich keinen Millimeter bewegen konnte. So prekär die Situation für die Verschüttete auch sein mochte, dieser Balken hatte vermutlich ihr Leben gerettet. Er hatte sie zwar so eingeklemmt, dass sie sich nicht mehr bewegen konnte, aber er hatte gleichzeitig anderes einstürzendes Material von ihr ferngehalten.

Ich hatte keine andere Möglichkeit, als die hilflose Person erst einmal wieder zu verlassen, um Hilfe zu organisieren. So schnell ich konnte lief ich zu der mexikanischen Familie zurück und bat Rodrigo, per Mobilfunk Hilfe anzufordern. Nach mehreren vergeblichen Versuchen gelang es ihm, eine Verbindung zu einer Rettungsstation herzustellen. Dort wurde baldmöglichste Hilfe zugesagt, wir müssten aber aufgrund der vielen angeforderten Rettungseinsätze mit einer längeren Wartezeit rechnen. Als ich zu der eingeschlossenen Frau zurückkehrte, lag diese apathisch unter dem Balken und stöhnte laut. Mit permanenten, sanften Streichelbewegungen versuchte ich sie zu beruhigen, mit Erfolg. Ihr vorher flackernder Blick wurde ruhiger, sie sah mir direkt in die Augen, ihre Panik ließ allmählich nach.

Es dauerte fast drei Stunden, bis der Rettungstrupp eintraf: Zwei Sanitäter und zwei technische Helfer, die den massiven Balken vorsichtig zerlegten, um die Eingeschlossene zu befreien. Bei dieser Aktion räumten sie den näheren Bereich um die Frau herum frei. Mit Schrecken stellten wir dabei fest, dass sich im Schutt der Ruinen ein weiterer menschlicher Körper befand, von dem nur das blasse Gesicht eines Mannes sichtbar war. Aus seinem bleichen Antlitz, eingerahmt von wirren, dunklen Locken, starrten uns seine entseelten Augen an. Lebenserhaltende Maßnahmen waren hier nicht mehr angesagt. Diese Person war eindeutig tot und das war offensichtlich nicht durch herabstürzende Trümmer verursacht worden - mitten in seiner Stirn prangte ein dunkles, kreisrundes Einschussloch. Um diesen Fall würde sich die Polizei kümmern müssen.

Die aus dem Schutt der Ruine befreite Frau wurde auf einer Trage zum Rettungswagen gebracht. Schwere äußere Verletzungen konnten die Retter nach erstem Augenschein nicht feststellen. Eventuelle innere Beeinträchtigungen würden Ärzte später feststellen müssen. Trotz der Spuren, die das Unglück bei ihr hinterlassen hatte, konnte ich erkennen, dass sich hinter dem ramponierten Äußeren eine attraktive junge Frau verbarg, die in ihrem derzeitigen Zustand von einer großen Unruhe befallen war. Anscheinend konnte sie aber ihre Lage in etwa einschätzen und rief mehrmals mit verzweifelter Stimme:

„Er muss mit. Ich fahr nicht ohne meinen Retter."

Sie ruckelte an den Befestigungsgurten der Trage und zeigte dabei aufgeregt in meine Richtung. Den Sanitätern gelang es nicht, sie zu beruhigen und so schoben sie mich kurzerhand zu ihr in den Krankenwagen.

„Kommen Sie schon. Wir haben es eilig. So ganz intakt sehen Sie auch nicht gerade aus."

Genauso fühlte ich mich auch. Die Strecke führte in nördlicher Richtung über einen Pfad der Verwüstung aus der Innenstadt hinaus. Inzwischen hatten erste Sonnenstrahlen es wieder geschafft, die vorher drohenden Wolkenbündel zu durchdringen und die Stätte des Grauens in den zerstörten Straßenzügen zu erhellen. Der Rettungswagen brachte uns auf direktem Weg zum *John Sealy Hospital*, am Gulf Freeway, Richtung Houston gelegen.

♦

Wenn man die Mehrzweckhalle der *University of Texas Medical Branch* durch den Hauptausgang verlässt, gelangt man auf einen mit verschiedenfarbigen Oleanderbüschen gesäumten Weg. Der führt von der Halle weg, die als provisorische Unterkunft für vom Unwetter geschädigte Personen eingerichtet worden war, zum Hauptgebäude des Klinikums der *UTMB*. Ich hatte in diesem Notquartier inmitten von mehreren hundert Menschen, alle ohne Dach über dem Kopf, die erste Nacht verbracht. Die Versorgung war den Umständen entsprechend gut, vor allem tat mir der morgendliche heiße Kaffee unendlich gut. Ich gehörte zu dem Personenkreis Bedürftiger, deren unbrauchbar gewordene Kleidung ausgetauscht wurde. Mit einer sauberen Jeans, einem grauen T-Shirt und einer leichten Kapuzenjacke hatte ich mich ganz sicher nicht verschlechtert.

Im Empfangsbereich des Hospitals gelang es mir mit meinen vagen Beschreibungen nur mühsam, den jetzigen Aufenthaltsort der von mir geretteten Frau zu ermitteln. Sie war inzwischen von der Notfallaufnahme zur Beobachtung in die Privatstation für Innere Medizin verlegt worden - zweite Etage, Zimmer 17.

Nach einem vorsichtigen Klopfen trat ich ein. Direkt

geradeaus vor mir sah ich die Patientin liegen, die ich kaum wiedererkannte. Sie lag fast völlig wiederhergestellt in der klinisch reinen Wäsche eines bequemen Bettes, wie dort hingehaucht. Ich hatte eine ausgesprochene Schönheit aus den Trümmern gerettet: ein zierliches blondes Wesen mit hellblauen Augen in einem makellosen Gesicht. Um sie herum zwei weitere Personen. Als sie mich bemerkte, stutzte sie nur kurz und strahlte mich an.

„Endlich! Da ist er ja, mein Retter. Diesem hilfsbereiten Menschen habe ich mein Leben zu verdanken. Nun mach schon, komm doch näher."

Ihre Besucher lächelten ebenfalls, als ich an ihnen vorbei zur Patientin ging, die mich mit Tränen in den Augen herzlich umarmte. Anschließend stellten wir uns gegenseitig vor.

Bei der jungen Frau handelte es sich um Julie Dade, deren Eltern, Kirk und seine Frau Stella Dade, auf einen ersten Krankenbesuch zu ihrer Tochter gekommen waren.

Deutsche Namen sind für Amerikaner oft schwer auszusprechen; bei meinem gibt es da meistens keine Probleme. Allerdings klang es etwas seltsam, wie Mr. Dade meinen Vornamen aussprach. Es hörte sich ein wenig nach Karneval in Köln an: O-laaf. Die Aussprache seiner Tochter Julie dagegen, klang wie Musik in meinen Ohren, als sie meinen Namen hauchte: „Oh Love."

Der Besuch am Bett der Verletzten wurde durch das Pflegeteam beendet, das die Patientin für eine weitere

Untersuchung aus dem Krankenzimmer rollte. Zusammen mit den beiden Angehörigen begab ich mich in Richtung Ausgang. Auf dem langen Korridor dankten mir Julies Eltern mit Tränen der Rührung in den Augen noch einmal ganz herzlich für die Rettung ihrer Tochter. Dabei hatte ich zum ersten Mal einen näheren Kontakt zu Kirk Dade, den alle nur Big Kirk nannten.

Ich schätzte Dade vom Alter her auf Anfang, Mitte fünfzig. Er war ein Hüne von einem Kerl, der nur so vor Kraft zu strotzen schien. Alles an ihm wirkte ein wenig eckig und kantig. Im Umgang mit seiner Familie war leicht festzustellen, er war der Bestimmer, ein Typ mit dem ausgeprägten Charisma eines Alphatieres. Die tiefe, überaus wandlungsfähige Stimme unterstrich die Bedeutung seiner Wort deutlich, wenn er sich mit einem durchdringen Blick aus hellblauen Augen an seine Umgebung wandte. Ich spürte, das ist die Sorte Mensch, der Widerspruch nicht duldet.

„O-laaf, wo bist du untergebracht, kann ich etwas für dich tun? Wie sieht's bei dir aus mit 'ner Unterkunft? Du hast Einiges gut bei mir."

Das war natürlich ein interessantes Thema für mich. Ich hatte keinen blassen Schimmer, wie mein Trip weitergehen sollte. Eine Bleibe hatte ich nicht in Aussicht.

„Mr. Dade",

„Sag Kirk zu mir", unterbrach er mich und legte seine schwere linke Hand auf meine Schulter.

„Im Moment weiß ich tatsächlich nicht, wo ich jetzt abbleibe. Viele Hotels existieren wohl gar nicht mehr. Irgendwie muss ich raus aus der Stadt."

Ich beschrieb ihm andeutungsweise die Situation, in der ich mich befand und nannte mein Ziel Florida. Meine fehlende Reiseausrüstung ließ sich nach der hier stattgefundenen Katastrophe plausibel erklären. Für Big Kirk kam es überhaupt nicht infrage, dass ich mir irgendein Hotel würde suchen müssen. Er lud mich ein, erstmal in einem von seinen Zimmern im Kongresszentrum in Houston zu wohnen. Bei dieser Gelegenheit klang durch, dass er mit seiner Organisation, die ich noch zur Genüge kennenlernen sollte, zu einer Regionalkonferenz hier in Texas war. Der Hauptsitz dieser Firma, oder was auch immer dahinterstecken mochte, befand sich in Tampa, Florida.

„Passt doch gut. Wir sind hier in ein paar Tagen fertig. Danach kommst du mit uns nach Florida. So einfach ist das."

Ein Widerspruch gegen seinen Vorschlag erschien mir wenig sinnvoll, aber mir kam das Angebot ohnehin sehr gelegen.

Wir stiegen auf dem Dach der Uniklinik in einen Hubschrauber Bell 407 und landeten in knapp einer halben Stunde im achtzig Meilen entfernten George R. Brown Convention Center in Houston Downtown.

Ein gigantischer Anblick, der sich beim Anflug dort unter uns auftat. Eine monumentale Skyline bestehend aus bizarr geformten Wolkenkratzern begrenzte den Horizont. Waren wir eben noch über die Marschflächen im Hinterland von Galveston geflogen, steuerten wir kurz darauf auf ein enormes städtisches Ballungsgebiet zu: die Riesenstadt Houston, viertgrößte Stadt der USA. In deren Metropol-Region, Harris County, dem drittbevölkerungsreichsten Bezirk im Lande, leben fast sechs Millionen Menschen. Zur Zeit mochten es etliche Tausende mehr geworden sein; denn Flüchtlinge vor dem Hurrican George hatten sich hier in großer Zahl in Sicherheit gebracht. Das Zentrum des verheerenden Unwetters war westlich an der Metropole vorbeigezogen und hatte nur in einigen Vororten geringfügige Schäden angerichtet.

Etwas verborgen zwischen dem riesigen Kongresszentrum und dem Nobelhotel Marriott, befand sich eine etwas kleinere, aber sehr luxuriös wirkende Apartmentanlage, die ich im Schlepptau der Familie Dade betrat. RESERVIERT FÜR S.O.B. - Einlass nur für autorisierte Personen. Kirk Dade organisierte am Empfang ein Zimmer für mich.

„Wir sehen uns dann später. In einer Stunde, ist das in Ordnung? Konferenzraum *Universe*, in der zweiten Etage."

Das war für mich bin Ordnung, obwohl es ganz und gar nicht wie eine Frage geklungen hatte.

Als ich mein Zimmer betrat, sah ich sofort, das hier war keine normale Ferienwohnung. Ich betrat staunend ein Luxusapartment, ausgestattet mit einer hochwertigen Einrichtung. Durch die riesige Panoramascheibe blickte ich direkt über die Avenida de las Americas auf die vor dem Tagungskomplex befindliche Parkanlage, Discovery Greens, eine weitläufige Grünlage mit vielfältigen Freizeiteinrichtungen, sozusagen die grüne Lunge Houstons.

Auf dem Schreibtisch aus dunklen Edelholz fand ich eine Broschüre, die mir einen ersten kurzen Einblick in die Organisation ermöglichte, deren Gast ich nun geworden war.

S.O.B. - Christian Church, das stand für Christliche Kirche - *Sience of Believers*, Wissenschaft der Gläubigen.

Da war ich also hineingeraten, in eine religiöse Sekte, und zwar in eine finanziell gut ausgestattete, wie mein erster Eindruck mir vermittelte. Meine eigene religiöse Befindlichkeit bezeichne ich im allgemeinen als nicht besonders tiefgründig. Das, was ich vom christlichen Glauben intus habe, beruht überwiegend auf den Resten des elterlichen Einflusses, die immer noch Mitglied in einer evangelischen Freikirche sind. Meine Neugier, in was ich da hineingestolpert war, wurde nun geweckt. Zeit genug hatte ich ja und wenn ich bislang alles richtig verstanden hatte, würde ich eine ganze Weile in Kirks Reich verbringen dürfen. Hätte ich zu diesem Zeitpunkt auch nur die leiseste Ahnung davon gehabt, was letztendlich auf mich zukommen sollte, wäre ich stehenden Fußes zurück in die Bedürftigkeit meines bisherigen Tramper-Daseins geflüchtet.

In der späteren Besprechung im Konferenzraum erfuhr ich vom Oberhaupt der Religionsgemeinschaft weitere Einzelheiten über mögliche Pläne für mich im Kreis der S.O.B.. Kirk fragte, ob es in Ordnung für mich wäre, mit in die Zentrale nach Tampa zu kommen, um einen Platz in der Organisation einzunehmen. Auch das klang schon wieder so, als wäre es bereits vom großen Meister entschieden worden. Er war wohl der Überzeugung, mir etwas schuldig zu sein. Wenn er Verwendung für einen Gärtner hatte, von mir aus doch gerne; denn ich sah gute Gründe dafür, mit ihnen nach Florida zu reisen und dort bis zu meiner Weiterreise auf kommode Art zu überwintern.

„Kirk, kann man denn die S.O.B.-Kirche so in etwa mit Scientology vergleichen?"

Da hatte ich aber was gesagt. In einem ziemlich harschen Ton antworte er:

„Du kennst dich in der Materie anscheinend nicht aus. Nur soviel: Nenn' uns nie wieder in einem Atemzug mit diesem miesen Verein."

Das saß. Ich ging nicht weiter darauf ein und beschrieb ihm meine Situation, wobei ich die Umstände meines Reiseplans etwas geschönt darstellte, nämlich als die eines Touristen der etwas ungewöhnlichen Art. Die verrückte Wette und meine daran gekoppelte absolute Mittellosigkeit verschwieg ich. Zu abgedreht das Ganze. Ich erklärte es mit den Folgen der Unwetterkatastrophe, dass ich mich zur Zeit ohne gültige Papiere hier im Lande aufhielt und aktuell ohne Geldmittel war, was für ihn kein Problem zu sein schien. Den festgelegten Zeitpunkt meiner geplanten Rückkehr nahm er interessiert zur Kenntnis. Er hatte sich wieder beruhigt.

„Keine Bange, mein Lieber. Das regeln wir alles. Lass Big Kirk mal machen. Und in unserer Gemeinschaft wird es dir schon gefallen."

Dade neigte in seinen Ansprachen an „sein Volk" offenbar dazu, von sich in der dritten Person zu sprechen; fehlte nur noch, dass er den Pluralis Majestatis - wir, Kirk - gebrauchen würde.

Nachdem meine nähere Zukunft in der Theorie geregelt schien, ging es ans Praktische. Ich würde für die verbleibenden Tage hier in Houston eine Art Einführungskurs in Sachen S.O.B.-Kirche erhalten. Eine weiterführende Vorbereitung als Grundlage für eine Mitarbeit in der Glaubensgemeinschaft würde später in Tampa erfolgen. Die Ankündigung, dass seine Tochter Julie, deren Entlassung aus dem Krankenhaus für den nächsten Tag vorgesehen war, mich unterrichten würde, nahm ich mit Vergnügen zur Kenntnis. Mit einem kritischen Blick auf meine Behelfskleidung beendete er das Gespräch.

„Darum wird sich Julie auch kümmern. Für so etwas hat sie ein Händchen."

An die folgenden fünf Tage - unsere letzten in Texas- habe ich die fast nur gute Erinnerungen. Vorher habe ich ja wochenlang, überwiegend auf mich allein gestellt, völlig ohne Komfort leben müssen. Da war dieses hier wie ein Ausflug in das gelobte Land. Für normale Verhältnisse alltägliche Verrichtungen, wie Restaurant- oder Barbesuche, Shopping, Friseurbesuch, Fernsehen, etc. habe ich damals in Houston in einer mir für diese Dinge nie bekannten Intensität genossen.

Der Unterricht erwies sich als eine recht lockere Übung, mehr als eine Art Frage-und-Antwort-Spiel. Dazu kamen Videoaufzeichnungen aus diversen Ver-

anstaltungen der Freikirche. Es war schon faszinierend, wie geschickt Kirk Dade dabei mit dem Audito-
rium umzugehen vermochte. Mit seiner ausdrucksstar-
ken, wandlungsfähigen Stimme konnte er selbst große
Menschenmassen dazu bewegen, ihm begeistert zu
folgen. Er führte seine Anhänger und die es werden
wollten nach allen Regeln rhetorischer Kunst. Mal eine
donnernde Predigt, dann überzog er seine Zuhörer mit
religiösem Zuckerguss, er mahnte vor den Verlockun-
gen des weltlichen Daseins, er bat um Hingabe zum
Glauben - das volle Programm eines religiösen Eife-
rers, virtuos dargeboten. Und zum Schluss immer das
gleiche Bild: ein euphorischer Verkünder, beide Arme
hochgerissen und gen Himmel gestreckt.

Erträglich wurde das Lernprogramm durch die
Nähe zu Julie, die jetzt in ihrem wiederhergestellten
Originalzustand äußerst anziehend auf mich wirkte.
Ich war mir nicht sicher, wie es bei ihr ankommen
würde, wenn ich sie aus unserer Opfer-Retter-Situa-
tion anflirten würde.

Die Lösung dieses Anliegens erledigte sich dann
ohne besondere Anstrengung meinerseits. Es war der
vorletzte Tag in dieser Umgebung, der zunächst einige
Unannehmlichkeiten bringen sollte. Kurz nach dem
Abendessen erhielten wir Besuch von der Kriminal-
polizei. Ein Lieutenant des HPD – Houston Police Department - , Brad Norris, erschien mit einem FBI-Kolle-
gen, Otis Duncan, um uns im Fall der in den Trümmern aufgefundenen Leiche anzuhören. Dieser anfänglich eloquent auftretende afroamerikanische Polizeiof-

fizier entpuppte sich im Verlauf der Anhörung als ein schlitzohriger Spezialist für Vernehmungen, der die von ihm erwünschten Informationen durch Verunsicherung seines Gegenübers herauszubekommen versuchte. Bei mir war da nichts zu holen. Ich wusste nichts und der von den Rettungskräften geschilderte Ablauf bestätigte dieses. Weitere Fragen zu meinen Personalien hatten sie zum Glück nicht. Die Erklärung, ein im Unwetter gestrandeter deutscher Tourist zu sein, genügte den Beiden zunächst.

Anders verhielt es sich da mit Julie und Kirk Dade. Julie hatte zwar bei ihrer Rettung nichts vom Fund des Toten mitbekommen, jedoch war herauszuhören, dass sie und ihr Vater den Erschossenen gekannt haben könnten. Es handelte sich um einen gewissen Jerome Rampart, Privatdetektiv aus Columbia in South Carolina. Dieser war nach eindeutigen Zeugenaussagen mehrfach im Umfeld der S.O.B. gesehen worden. Die Herkunft des Mannes war auch der Grund, aus dem sich Detective Duncan von dort nach Houston begeben hatte.

Vater und Tochter bestritten vehement, den Typ näher gekannt zu haben. Bei der Größe ihrer Organisation klang das plausibel. Lt. Duncan ließ aber nicht locker und wollte offensichtlich seine Theorie bestätigt wissen, dass Rampart in irgendeiner Weise undercover tätig gewesen sein könnte. Die Diskussion eskalierte schließlich und ein hochgradig erboster Big Kirk beendete das Ganze mit dem Einschalten seines Anwalts, der die Polizisten im weiteren Verlauf der Befragung mit juristischen Winkelzügen aushebelte.

„Dade, Sie hören von uns. Verlassen Sie sich darauf."

Die Beiden verließen wutschnaubend das Kongresszentrum. Es hatte für mich nicht so geklungen, als wenn dieses Thema für alle Zeiten erledigt wäre. Julie und Kirk sahen das Ganze offenbar etwas lockerer und begaben sich in die Lounge des Gästehauses. Und wie erhofft, ich war eingeladen. An dem Abend zeigte sich, dass der Sekten-Chef nicht nur ein enormes Talent hatte zu predigen, sondern dass weltliche Genüsse genauso zu seinen Stärken zählten. Anfängliche zwei Runden kühlen Biers spülten den pelzigen Belag der hitzigen Diskussion aus der Kehle. Als Whiskey-Freund war ich hoch erfreut, als Kirk in immer besser werdender Stimmung eine Runde *Parker's Heritage Bourbon* bestellte, dessen grandiosen Geschmack ich lediglich vom Hörensagen kannte. Ein außerordentlich leckerer Tropfen.

Die zierliche Julie langte bei den Spirituosen nicht so zu wie wir Männer, genehmigte sich aber durchaus den einen oder anderen Schluck des noblen Hochprozentigen. Der Abend endete noch schöner, als ich es erwartet hatte. Auf eine ungekünstelte, anhängliche Art hakte Julie sich bei mir ein und wir landeten dort, wo ich sie bislang nur in meinen Wachträumen gehabt hatte, im riesigen King-Size-Bett meines Zimmers.

Eine Nacht voller sexueller Erfüllung. Ich sah mich im nachklingenden Rausch unseren ausgiebigen Liebesspielen in Gedanken schon als Dauerliebhaber einer bewundernswert schönen Frau und womöglich auch als Schwiegersohn eines erfolgreichen Sektenführers. Ich befand mich im Taumel eines absoluten Hochgefühls. Zuvor tauchte ich in die Tiefe einer bemerkenswerten Familiengeschichte ein. Julie erzählte mir in dieser Nacht die fesselnde Vita von Kirk Dade, dem Gründer der religiösen Heilsgemeinschaft S.O.B.

Vor wenigen Tagen erst war ich aus völliger Mittellosigkeit unvorhergesehen an diese Menschen geraten. Mich beschlich das Gefühl, dass besonders das Familien- und Sektenoberhaupt Kirk Dade einen immer größer werdenden Einfluss auf mein Dasein erlangte.

◆

In den fünfziger und den frühen sechziger Jahren des letzten Jahrhunderts entblößte die alternative Gegenkultur des jugendlichen Amerikas die Seele des Landes. Der kritische Betrachter konnte eine bürgerliche Gesellschaft entdecken, die selbstgefällig wie unter einer Schicht aus Mehltau verharrte. Man war schließlich aus zwei Weltkriegen als Sieger hervorgegangen. Nun galt es für den zufriedenen Mittelstand, den Wohlstand zu mehren und seinen Status zu wahren.

Aber eine große Anzahl junger Menschen wollte etwas Anderes. Das Leben musste einfach mehr zu bieten haben. So wurden Musiker und andere Künstler zu Vorbildern, deren gegensätzlichem Lebensgefühl man nacheiferte. Der Großteil des erwachsenen Bürgertums betrachtete diese Entwicklung misstrauisch bis ablehnend aus gebührender Distanz.

In diese Gesellschaft wurde Kirk Dade hineingeboren. Seine Vorfahren waren eine gefühlte Ewigkeit lang Fabrikarbeiter in Kenosha, Wisconsin gewesen, einer kleinen Industriestadt südlich von Milwaukee am Lake Michigan. Der Alltag der Familie wurde seit jeher von der Arbeit in den AMC-Automobilwerken bestimmt, die dort jahrzehntelang die Modellreihe Rambler erfolgreich produzierten.

Schon Kirks Großvater, Adam, war kein Arbeiter der angepassten Art, ebenso wie sein Sohn Joel, Kirks Vater, je einer geworden wäre. Im Gegensatz zum alten Adam, einem engagierten Automobil-Gewerkschafter, brach Joel schon in frühen Jahren mit der Tradition eines vorbestimmten Lebenswegs in der Autofabrik. Getrieben von einer starken inneren Unruhe zog es ihn in die Welt der oft als brotlose Kunst verschrienen Musiker. Ausgestattet mit einer geradezu genialen Musikalität, fanden seine großartige Gesangsstimme und sein überragendes Talent als Schlagzeuger Ausdruck in der neuen Art der Musik, die über das Land schwappte.

Um schon in seinen frühen Jahren erfolgreich in einer der vielen regionalen Bands zu werden, fehlte ihm eines, Beständigkeit. Bald galt er zwar in der abgelegenen Provinz des mittleren Westen als der begabteste Drummer, für den ganz großen Erfolg stand er sich durch seine Unbeständigkeit aber immer selbst im Wege. Diese Veranlagung, sowie die markante Stimme, sollte der Teil des Erbes sein, das er an nicht seinen Sohn Kirk weitergeben würde. Die Fähigkeit der genialen Selbstdarstellung aber ging voll auf seinen Sohn über.

Kirks Mutter, Sally Barton, Tochter einer gutbürgerlichen Arztfamilie, fuhr völlig auf die Visionen des charismatischen jungen Musikers ab. Sie gab ihr Studium der Politikwissenschaft auf und zog mit Joel Dade nach San Francisco. Dort hatte sich Anfang der sechziger Jahre eine Szene der Gegenkultur entwickelt, die von hieraus weltweit das Lebensgefühl einer ganzen Generation beeinflussen sollte.

In diesem ausgefreakten Ambiente von Haight-Ashbury, mitten im Herz der Hippiebewegung, wurde ihr Sohn Kirk geboren. Seine Eltern führten das typische Dasein einer Beatnik-Familie. Inwieweit dieses Leben Auswirkungen auf die Entwicklung ihres kleinen Sohnes gehabt hat, ist nicht genau einzuschätzen. Frühe Begegnungen mit meinungsbildenden Szenegrößen, wie den Schriftsteller des Romans, *Einer flog über das Kuckucksnest,* Ken Kesey, oder der Rocklegende Jerry Garcia von Grateful Dead mit seiner Frau Carolyn, haben ihn, falls überhaupt, vermutlich nur peripher geprägt.

Das junge Paar pendelte mit ihrem Kleinkind zusammen mit Ken Kesey und den Merry Prankstern, dessen Hausband Greatful Dead, Neal Cassady und anderen ausgeflippten Desperados von einem Happening zum anderen. Das alles dominierende Thema dabei: der sogenannte Acid-Test, eine Demonstration der damals noch legalen Droge LSD.

Dieser intensive Umgang mit Drogen durch seine Eltern war es wohl hauptsächlich, der Kirk in ganz jungen Jahren nicht wie ein normales Kind heranwachsen ließ. Während Sally sich für die damaligen Verhältnisse relativ verhalten mit den verschieden Suchtmitteln befasste, langte Vater Joel ganz anders hin. Täglicher Marihuanakonsum war obligatorisch. Um die Nächte, vollgedröhnt mit Psychedelic Rock, genießen und überstehen zu können, wurde gerne auch zu stärkeren Mitteln gegriffen. LSD, als hochpotente, das Bewusstsein erweiternde Substanz, nahm hier einen Spitzenplatz ein. Doch für Joel und Genossen war damit noch lange nicht der Gipfel erreicht. Zusammen mit einigen Freunden kreierte er eines Tages einen Cocktail aus Rauschdrogen, der bis in heutige Zeiten in einschlägigen Kreisen legendär ist, den sogenannten *San Francisco Highball*. Mit dem heutigen Alkohol-Fruchtsaftgemisch gleichen Namens hat dieses Teufelszeug nichts gemein. Für die Namensgebung griffen die Freaks ganz bewusst auf einen gängigen Cocktail des bürgerlichen Amerikas zurück, den Highball, eine Mischung aus kohlensäurehaltigem Filler und einer Spirituose wie zum Beispiel Whisky.

Die Mixtur, die in Ashbury von Dade & Co. zusammengerührt wurde, bestand aus Heroin, Kokain und LSD. Dieses Höllengemisch hatte eine fürchterliche Wirkung. Von den vier Erstgenießern überlebten nur zwei diese Verköstigung der wahnsinnigen Art. Einer davon überstand dieses Experiment völlig unbeschadet, ein zweiter, nämlich Joel, kam zwar auch durch, aber war nach Erwachen aus einem wochenlangen Koma gesundheitlich so geschädigt, dass ein längerer Sanatoriumsaufenthalt notwendig wurde.

Es hieß also, raus aus dieser Umgebung. Seine Frau Sally managte die Situation, in dem sie mit ihrer Kleinfamilie die zerstörerische Szene verließ und einen Klinikaufenthalt in ihrer alten Heimat organisierte. Für Joel bedeutete das neben den gesundheitlichen Problemen auch einen herben Rückschlag in seiner Musikerkarriere. Er kam nun als Neubesetzung des Drummers bei Grateful Dead nicht mehr infrage. Diesen Platz nahm Mickey Hart für ihn ein, der so an Joels Stelle den erfolgreichen Weg der Band mitging.

Der kleine Kirk musste wiedereinmal umziehen. Bis zur Einschulung hatte der kleine Junge insgesamt siebzehn Mal eine solche Prozedur über sich ergehen lassen müssen. In den meisten Fällen handelte es sich dabei um örtliche Veränderungen im Nahbereich der San Franscisco Bay, mit Sack und Pack von einer Kommune zur nächsten.

Sallys Vater hatte in der Suchtklinik *Elkhorn's Green* bei Fort Atkinson am Lake Oshkonong einen Therapieplatz für seinen Schwiegersohn organisiert. Sally zog mit ihrem kleinen Sohn zu ihren Eltern ins nahegelegene Kenosha und nahm ihr abgebrochenes Studium an der *UWM-University Wisconsin-Milwaukee* wieder auf. Kirk lebte erst einmal bei seinen Großeltern und sah seinen Vater die ersten Wochen nach seiner Rückkehr in die Provinz gar nicht. Später war er dann einige Male zu Besuch im Sanatorium am See und erlebte seinen Vater zum erstmalig bewusst außerhalb der Drogenszene. Ein völlig neues Erlebnis für ihn. Vater und Sohn verbrachten eine Zeit unbeschwerter Tage miteinander. Nach Beendigung des Klinikaufenthaltes genoss der Junge zum ersten Mal die Geborgenheit eines Lebens in einer normalen Familie.

Seinem Vater sah und hörte er häufig bei dessen musikalischen Übungen zu und war fasziniert von dem, was aus diesem kontradiktorischen Menschen an

Wohlklang an die Oberfläche drang. Die Erinnerungen an diese und folgende Monate voller Wohlgefühl prägten sich bei Kirk Dade dauerhaft ein.

Er war auch dabei, als sein Vater das Demo-Band für den Welthit „*I saw her face, now I'm a believer*" besang und es anschließend an den Produzenten Jeff Barry schickte. Dieser hatte vor, das von Neill Diamond geschaffene Stück zu einem internationalen Hit zu promoten. Zu diesem Zweck sollte eine eigens für diesen Song zu gründende Band etabliert werden. Heute würde man so Etwas Casting-Show nennen. Das Ergebnis: *The Monkees*, eine Retortenband, künstlich zusammen gecastet, um einem breiten Publikum zu gefallen. Das Ziel, einen gigantischen Profit zu erzielen ging auf. „*I'm a Believer*" wurde zu einem der größten Popsongs aller Zeiten.

Alle, die Joel Dade dieses Stück je sangen hören, sind überzeugt, das war die einzig wahre Stimme für dieses Lied. Dass Davy Jones dann zu dieser Ehre kam, hatte den Grund an dem verhängnisvollen Dade'schen Mangel an Beständigkeit. Nachdem Jeff Barry Joels Gesangversion gehört hatte, war er total begeistert gewesen und er engagierte ihn sofort. Durch den dadurch ausgelösten Freudentaumel stürzte Kirks Vater in einen Drogenrückfall der übelsten Art und starb an einer Überdosis Heroin bevor die erste Studioaufnahme geprobt werden konnte. Das Lied ging dann ohne sein Dazutun um die Welt. Diesen größten musikalischen Erfolg der *Monkees* in den internationalen Charts kann sich Kirk Dade bis in die heutige Zeit nicht ohne Wehmut anhören. Der Begriff, *Believer – Glaubender*, setzte sich jedoch tief in ihm fest und wurde später für die Namensfindung seiner Freikirche reaktiviert.

Das dramatische Ereignis um den Verlust des Vaters bedeutete einen schweren emotionalen Rückschlag für die seelische Entwicklung des Jungen. Niemand in Kirks Umgebung konnte jedoch feststellen, dass dieser durch das tragische Ende seines Vaters einen offen ersichtlichen Schaden davongetragen hatte. Er vermochte es schon damals meisterlich, seine wahren Gefühle zu verbergen, diese glaubhaft zu überspielen und andere Menschen dadurch zu manipulieren. Was die Ereignisse aus den späten sechziger Jahren tatsächlich in ihm ausgelöst haben, ist nur ganz wenigen Menschen, und das auch nur ansatzweise, zugänglich. Es gibt bestimmte Entscheidungen und Reaktionen in seinem Leben, die darauf zurückzuführen sind.

Seine weitere Jugend verbrachte Kirk Dade bei seinen Großeltern in Kenosha. Seine Mutter besuchte ihn auch nach ihrem Studienabschluss in Milwaukee regelmäßig, wo sie zunächst als Journalistin bei der Tageszeitung *Milwaukee Journal Sentinel* arbeitete und später für die Demokratische Partei als Pressesprecherin tätig wurde. Für den heranwachsenden Jungen stellte die lockere Familienbindung kein Problem dar. Im Gegenteil. Er hatte bei Bedarf jederzeit eine Familie um sich und wuchs wohlbehütet auf.

Es zeigte sich schon früh, dass Kirk zum Einzelgängertum neigte, aber dabei nie die Grenze zum Neurotischen überschritt. Er war eben nur kein Cliquenmensch, der ständig andere Personen um sich haben musste. Von seinem Naturell her war er dabei alles andere als menschenscheu und suchte gezielt die Nähe zu seinen Mitmenschen, wenn ihm danach zumute war.

An einen Wendepunkt in seinem Leben kam er auf dem Edgewood College in der Landeshauptstadt Madison, wo er ein Studium der Psychologie und der Sozialwissenschaften begonnen hatte. Es ist an amerikanischen Hochschulen quasi Pflicht, Mitglied in einer studentischen Verbindung zu sein. Kirk Dade wurde Mitglied der akademischen Selbstverwaltung. Hier fand er bald Anerkennung durch überragendes Organisationstalent und sein ausgeprägtes Durchsetzungsvermögen. Aufgrund seines eloquenten Auftretens und beachtlicher rhetorischen Fähigkeiten wurde er schnell zu einem der führenden Funktionäre an der Uni. Der Spruch, Dade würde selbst Muslimen Schweinefleisch in der Moschee verkaufen können, begleitete ihn durch seine gesamte Studienzeit.

Einer seiner Mitkommilitonen nahm ihn eines Tages mit auf eine Party seines Vaters, Corbin Milleville. Dieser, ein früherer Universitätsdozent, war inzwischen einer der führenden Mitarbeiter im Team des TV-Evangelisten Pat Robertson, geworden. Milleville erkannte nach wenigen Begegnungen die Begabung des jungen Studenten aus Kenosha, andere Menschen für sich einzunehmen. Als erfahrener Kommunikator wusste er genau, aus welchem Holz Seelenfischer geschnitzt sein mussten.

Dieses Zusammentreffen blieb nicht ohne Folgen. Kirk brach kurz darauf sein Studium ab und wurde Volontär in der Religionsgemeinschaft des erzkonservativen Evangelisten. Dieser führte seinerzeit die zweitgrößte private Kirchenorganisation der U.S.A an. Nur Billy Graham, das sogenannte 'Maschinengewehr Gottes', hatte diesbezüglich größeren Einfluss in der amerikanischen Gesellschaft.

Als Neu-Evangelist setzte Dade sein Talent, andere Menschen für sich zu benutzen, perfekt ein, um sich in der Hierarchie der Freikirche in kürzester Zeit nach oben zu katapultieren. Der private Kirchenfürst Robertson hatte sich schnell daran gewöhnt, nur noch die von dem begabten Nachwuchsprediger entworfenen Predigten für seine großen Auftritte zu verwenden. Das fand solange statt, bis es eines Tages zu einem Zerwürfnis dieser beiden Egomanen kam.

Der junge Führungsanwärter der Sekte hatte es gewagt, die Grenze zur privaten Sphäre seines Chefs zu übertreten. Er begann eine Liebesbeziehung zur außerehelichen Tochter seines Chefs, Stella, die er bald darauf ehelichte. Der Oberprediger war entsetzt; denn mit der übrigen Familie der Braut befand er sich seit Längerem in einem unappetitlichen, öffentlich ausgetragenen Rechtsstreit. Hinzu kamen dann noch finanzielle Forderungen des ehrgeizigen Emporkömmlings, die der Alte kategorisch ablehnte. Man ging schließlich in einem erbittert ausgetragenen Streit auseinander.

Kirk Dade hatte sich aber inzwischen in der Welt der

religiösen Gaukler Amerikas ein hohes Ansehen erworben. So erfolgte der Übertritt zur Sekte Scientology fast übergangslos. Nach nur drei Jahren wurde er zweiter Mann dieser mächtigen Organisation, deren Einfluss auf fast alle gesellschaftliche Bereiche der USA enorm ist. In erster Linie geht es hier immer um hohe Profite, für die unter anderem Prominente aus dem Showbusiness eingespannt werden. Trotz offensichtlicher Gewinnorientierung wird diese pseudo-klerikale Vereinigung in den USA als Kirche anerkannt und nicht wie in Deutschland als Sekte geführt.

Aber Kirk Dade wäre nicht Kirk Dade gewesen, wenn er für den Rest seiner Tage als die Nummer Zwei durchs Leben hätte laufen wollen. Er strebte eine alleinige Führungsposition an und war felsenfest davon überzeugt, der bessere Sektenführer zu sein. Es kam auch hier zu einer harten Konfrontation mit der etablierten Führungsriege, in deren Folge er die Scientologen verließ und nur wenige Meilen östlich von deren Zentrale in Clearwater, Florida, seinen eigenen Verein gründete: die *S.O.B. - Science of Believers.*

Es war sicherlich kein Zufall gewesen, dass Kirk Dade das Hauptquartier seiner Neugründung am gegenüberliegenden Ufer der Old Tampa Bay einrichtete – fast in Sichtweite zum großen Mitbewerber um die Seelen Amerikas.

Seine Unternehmung wurde der Start einer der größten Erfolgsgeschichten in dem vielfältigen Geflecht der amerikanischer privaten Kirchen und Sekten.

◆

Tampa, Florida, im Hauptquartier der *Believer*. Vom vierten Stock des Bürogebäudes am Bayshore Boulevard hatte ich durch die verspiegelten Fenster meines Arbeitsraums einen unverbauten Blick über die Hillsborough Bay hinüber nach Davis Island. Jetzt, am späten Nachmittag, tauchte die tiefstehende Sonne die mediterrane Architektur des Freizeitarchipels in ein weiches, dunkelorangenes Licht. Eine gute Gelegenheit, um nach Schulungsende zu entspannen und den Gedanken nachzuhängen.

Ich freute mich über die unerwartete Wendung meiner Reiseunternehmung, die mir nach vielen entbehrungsreichen Wochen einen Umschwung zu einem bequemeren Lebensstil gebracht hatte. Absolut positiv war, dass sich meine vorausblickende Einschätzung wettertechnisch als richtig erwiesen hatte. Die Vorgabe, mich spätestens zum Winter in den klimatisch angenehmen Regionen Floridas aufhalten zu können, hatte sich perfekt erfüllt; denn inzwischen war es in anderen Landesteilen zu erheblichen Wetterverschlechterungen gekommen. Für mein ursprünglich zu erwartendes Tramper-Dasein hätte das sehr unangenehm werden können.

Die Tage zuvor in Houston, verbunden mit dem Eintauchen in das Leben mit einem nie erträumten Komfort, hatten mir ein hohes Maß an Wohlgefühl gebracht. Dass diese Annehmlichkeiten den Auswirkungen einer fürchterlichen Naturkatastrophe geschuldet waren, verdrängte ich.

Gut versorgt und eine intensive Liebesbeziehung zu einer attraktiven Frau genießend, hatte ich in Texas eine fantastische Zeit verbracht. Dieses emotionale Verwöhnaroma erhielt hier in der Zentrale der S.O.B. jedoch einen kleinen Dämpfer. Statt wie mich in Houston durch eine lockere Einführung in die Materie der *Believer* zu einzuarbeiten, war ich hier im Headquarter täglich acht bis zehn Stunden in ein intensives Schulungsprogramm eingebunden. Mein Verhältnis zu Julie Dade hatte sich ohne mein Zutun auch geändert; sie war mir ohne erkennbaren Grund entglitten, einfach so. Ihre Lust auf mich, oder möglicherweise ihre Zuneigung zu mir aus Dankbarkeit, waren ihr anscheinend abhanden gekommen. Wir gingen bei den wenigen zufälligen Begegnungen nur noch auf rein kollegialer Ebene miteinander um. Bedauerlich.

Die Gedanken in den letzten Tagen, meinen Aufenthalt bei der Sekte einfach abzubrechen und wieder in die Ungewissheit eines Lebens auf der Straße zurückzukehren, hatte ich letztlich wieder verworfen. Aus heutiger Sicht, eine folgenschwere Entscheidung.

Big Kirk begegnete ich hier im Headquarter selten. Das bedeutete aber nicht, dass ich hier nur aus reiner Dankbarkeit und Menschenfreundlichkeit unbemerkt so mit durchgeschleppt wurde. Es gab konkrete Pläne für meine nähere Zukunft. Davon er fuhr ich anlässlich einer der seltenen Besprechungen beim Boss, der genauestens über meinen aktuellen Entwicklungsstand als Volontär informiert zu sein schien.

„O-laaf, freut mich, was ich bisher so über dich gehört habe. Du machst große Fortschritte bei uns. Weiter so."

Ich wusste überhaupt nicht, was er genau damit meinte; ich hatte meiner Einschätzung nach bisher lediglich den Anforderungen der diversen Einführungskursen entsprochen. Für mich als gelernten Gärtner war das eine völlig neue Thematik, wenngleich auch eine sehr interessante. Da auch die materiellen Bedingungen in Bezug auf Unterkunft, Kleidung, Verpflegung etc. gut waren, war ich gerne hier und arbeitete engagiert mit. Aber in meiner Situation wäre ja ohnehin fast alles besser gewesen, als die Alternative, noch monatelang mittellos durch das Land ziehen zu müssen.

Das intensive Beschäftigen mit dieser unbekannten Materie füllte meine Zeit gut aus. Das Wissen, das ich mir dabei über die Organisation aneignete, ermöglichte mir, viele Zusammenhänge zu verstehen. Ich betrachtete die S.O.B. inzwischen aus zwei Sichtebenen.

Einmal die innere Struktur. Hier ist die Sekte wie jedes x-beliebiges Dienstleistungsunternehmen konstruiert, mit allen notwendigen Abteilungen und Stabsstellen. Der Unterschied zu einem 'normalen' Betrieb besteht aber darin, dass alle Mitarbeiter vor Beginn ihrer eigentlichen Tätigkeit ideologisch auf die hier vorherrschenden religiösen Dogmen getrimmt werden. Bei der Auswahl des Stammpersonals scheint die Führung der Sekte besonderen Wert darauf zu legen, gut ausgebildete Fachkräfte, vorwiegend Absolventen von Eliteuniversitäten, zu engagieren.

Der zweite, viel spektakulärere Aspekt liegt in der Außendarstellung. Wie hier mit ungeheurem Geschick an professionellen Verführungsmethoden Massen von Menschen mit unerfüllten Hoffnungen, alle auf der Suche nach dem einzig wahren Glauben, eingefangen werden, ist faszinierend und erschreckend zugleich.

Dade erklärte mir in unserem Gespräch die weiteren Schritte meiner Ausbildung.

„Ab Montag besuchst Du das Seminar *International Relations.* Dann folgen drei Tage Praxis. Wir werden daran anschließend zu einem Treffen mit sehr einflussreichen Persönlichkeiten nach Washington D.C. reisen. Du bist dabei.“

Ich war verblüfft. Bisher hatte ich die überwiegende Zeit in der Schulungsabteilung hier in der Zentrale verbracht. Externe praktische Übungen waren nur selten vorgekommen, und bin dabei immer nur Zuschauer gewesen, um den erfolgreichen Menschenfänger Kirk in Aktion zu erleben, wenn er neue *Believer* rekrutierte. Dass diese alle zu potentiellen Förderern und Spendern werden sollten, ist mir schnell klargeworden. Es ist erstaunlich, was solche eine Vereinigung an 'Beiträgen' einzusammeln in der Lage ist. Pay-TV, Buch- und Zeitschriftenverlage, kostenpflichtige Glaubensseminare etc. sind dabei die hauptsächlichen

Einnahmequellen. Die Auftritte des großen Meisters waren allerdings durchweg beeindruckend. Genial, wie der sein Publikum für seine Zwecke zu manipulieren vermochte.

Zu seinen aktuellen Plänen für mich hatte ich dann doch noch eine Frage; denn der Begriff *International Relations* hatte mich stutzig gemacht. Spielte er etwa auf eine baldige Rückkehr nach Deutschland an?

„Super, das klingt gut, Kirk. Aber was genau soll da meine Aufgabe sein? *International Relations*? Das sagt mir im Moment nicht so viel."

Dade beschrieb mir jetzt ausführlich, worauf ich vorbereitet werden sollte. Anlässlich des Treffens in Washington sollte ein weiteres internationales Ziel anvisiert werden: Das ehrgeizige Vorhaben, eine Tochterorganisation der S.O.B. in Deutschland aufzubauen. Bislang wurde die Bearbeitung europäischer Belange aus den Niederlanden betrieben. Nach Einschätzung der Führungsebene, war dieses kleine Land durch seinen freizügigeren Umgang mit non-konformen Religionsgemeinschaften besser als Deutschland dazu geeignet, eine neue Kirchenorganisation zu etablieren. Dort vermutete man – nicht zu Unrecht – staatlichen Widerstand. Auch mussten eventuell hinderliche EU-Richtlinien zu diesem Themenkomplex berücksichtigt werden. Hier vorbereitend aktiv zu werden, um dann in dem kommerziell viel ergiebigeren Nachbarland erfolgreich missionieren zu können, würde zu meinen künftigen Aufgaben gehören. Dieses sollte zunächst in Zusammenarbeit mit der holländischen Sektion unter der Leitung von Arie van der Meuwe in Utrecht geschehen.

Ich konnte nicht glauben, was Kirk mir da eröffnete. Ich bin ein Berufsleben lang Gärtner gewesen! Dass mir die Mitarbeit in der Organisation einer Sekte bisher so leicht von der Hand ging, war etwas ganz anderes.

„Das kommt aber sehr überraschend. Wie soll das gehen, Kirk? Ich hab doch überhaupt keine Erfahrung mit solchen Dingen."

„Vergiss mal, was Du vorher gemacht hast. Glaub mir, ich kann das besser einschätzen. Du wirst unser Mann dafür werden. Und, dass dein Vater Gemeindevorsteher in einer evangelischen Freikirche ist, hat sicher auch Vorteile, oder?"

Nun war ich völlig geplättet. Ich hatte ihm gegenüber zwar mal erwähnt, dass unsere Familie einer solchen religiösen Gemeinschaft angehört und dass mein Vater im Verband Evangelischer Freikirchen tätig ist. Aber daraus einen nennenswerten Einfluss abzuleiten? Da hatte der gute Mann etwas vollkommen falsch verstanden. Ich kannte unseren Oberhirten inzwischen aber gut genug, um zu wissen, dass ein Widerspruch an dieser Stelle nutzlos wäre. Wir besprachen noch ein paar weitere organisatorische Einzelheiten für unsere kommende Reise in die Hauptstadt und Kirk entließ mich mit dem Hinweis:

„Bei der Gelegenheit klären wir auch das Problem mit deinem Reisepass und dem fehlenden Visum. Ich kenne da jemanden in D.C."

Der vergaß anscheinend kein Detail. An einem unserer ersten Abende in Houston hatte ich bei der Schilderung meiner Reiseumstände unter anderem auch meinen in den Wirren der Unwetterkatastrophe abhandengekommenen Pass am Rande erwähnt.

Welch ein Unterschied zu reisen! Ich mochte es mir überhaupt nicht ausmalen, wie sich die Bedingungen auf einer Reise nach meinem bisherigen Muster von meinem aktuellen Aufenthaltsort im sonnigen Florida ins neunhundert Meilen weiter nördlich gelegene Washington D.C. anfühlen würden. Alleine schon die Vorstellung, die Annehmlichkeiten hier vor Ort wieder aufgeben zu müssen, würde mich davon abhalten, wieder in das Leben als Tramp zurückzukehren. Andererseits, von Washington aus bis zum meinem Endziel in New York wären es dann nur noch gut zweihundert Meilen. Ich hätte dann meine Unabhängigkeit zurückgewonnen. Aber was sollte ich da jetzt schon? Solche Gedankenspiele blieben reine Theorie; denn es war inzwischen Winter geworden und selbst an der mittleren Atlantikküste herrschten für ein Leben auf der Straße unangenehme Wetterbedingungen.

So stellte ich mich dann auf die kommende Dienstfahrt ein. Wir erreichten an einem frostigen Wintermorgen per Flugzeug die Hauptstadt der U.S.A. Wir, das waren neben dem Big Boss Kirk Dade, die First-Liner, Dudley Fern, Frank Darby, die beide in der Hierarchie direkt unter dem Oberprediger standen, sowie eine Spezialistin für IT-Belange namens Fiona Tulane sowie meine Wenigkeit. Die junge Frau, eine äußerst attraktive dunkelhaarige Erscheinung, hatte ich vorher nur einmal kurz kennengelernt, als ich eines ihrer Seminare zum Thema digitale Medien und Kommunikation besuchte. Wie ihre hierarchische Dienststellung innerhalb der Organisation einzuordnen war, hatte ich nicht durchschaut. Auch nicht, ob sie in einem mehr als nur professionellen Verhältnis zu Dade stand. So ganz konnte ich eine solche persönliche Beziehung nicht ausschließen, denn Big Kirk habe ich während meiner Zeit bei den *Believers* häufig in Begleitung wechselnder junger Schönheiten gesehen.

Für mich war diese jetzige Exkursion aufregend und schon den Anflug auf den *Ronald Reagan National Airport* verfolgte ich mit großem Interesse. Eine Reihe wohlbekannter Washingtoner Sehenswürdigkeiten lagen bei der Landung des Privat-Jets vom Typ *Lear 60,* fast zum Greifen nahe vor uns. Der das Stadtbild prägende mächtige Obelisk, das Weiße Haus, das Pentagon, das Capitol und all die anderen kolossalen Monumente der politischen Macht bildeten eine eindrucksvolle Kulisse.

Wir mussten nach Aufsetzen der Maschine auf der Piste alle noch dreißig Minuten auf unseren Plätzen verharren. Das war einer der neueren Vorschriften, die von den amerikanischen Behörden aufgrund der Vorkommnisse um die Anschläge auf das World Trade Center als zwingend angeordnet worden waren. Danach ging alles erstaunlich schnell. Die beiden Piloten hatten die Daten für eine Abfertigung von VIP-Personen vorab an den Tower gemeldet, sodass wir nach Verlassen des Jets direkt in die vorgefahrene Stretch-Limousine vom Typ Lincoln Town Car steigen konnten.

Durch den dichten Vormittagsverkehr gelangten wir über den Potomac River, vorbei am Lincoln Memorial, direkt zu dem ehemals berüchtigten Gebäudekomplex, Watergate Building. Hier in dessen Nachbarschaft fuhr das riesige Fahrzeug in die Tiefgarage eines monumentalen Bürogebäudekomplexes. Mir kam es vor, als würden wir in eine andere Welt eintauchen. Schon vor der ersten Schranke wurde eine genaue elektronische Erkennungsmaßnahme durchgeführt. Es folgten diverse andere Kontrollvorgänge, alles unter den Augen von bewaffneten Posten der Nationalgarde, die diese unterirdische Stadt in der Stadt bewachten. Die Sicherheitsbehörden hatten offenbar aus früheren Vorgängen gelernt und derart gesichert, erschien hier ein Eindringen unberechtigter Personen absolut unmöglich.

Nahe dem für unser Fahrzeug gekennzeichneten Stellplatz erreichten wir über einen Lift die Etage, in der sich die Räume der S.O.B. befanden. Aus den anderen Namen auf den Schildern im Fahrstuhl konnte ich schließen, dass wir uns hier in allerbester Gesellschaft befanden: in einer geballten Ansammlung von namhaftesten Firmen und Verbänden des Landes, im inneren Kreis des Lobbyisten-Universums sozusagen. Und mittendrin? Ein städtischer Gärtner aus Schleswig-Holstein.

Unser Reisegepäck wurde von livrierten Servicebediensteten in die Unterkünfte auf der anderen Seite des Atriums gebracht. Kirk bat uns in einen Konferenzraum und hielt sich nicht lange mit Vorreden auf. Das Thema der Sitzung war bekannt und wir hatten kaum unsere Unterlagen sortiert, da öffnete sich die Tür und drei weitere Personen betraten das Zimmer. Einer von ihnen, ein etwa vierzigjähriger, kompakter Typ in dunklen Anzug ging auf den Boss zu. In der rechten Hand winkte er mit einem dunkelroten Stück Pappe.

„Grüß Dich, Kirk, bevor ich es vergesse, der Reisepass."

Er überreichte ihm das Dokument nachdem er damit kurz zu mir herübergewinkt hatte. Eigentlich hätte ich ja froh über das Auftauchen dieses Stück Papiers sein müssen, aber die Tatsache, dass Big Boss meinen Pass einsteckte, gefiel mir gar nicht. Der Überbringer des Dokuments wurde mir dann als der stellvertretende deutsche Botschafter in den USA., Dr. Oliver Brandmaier vorgestellt.

Der zweite Besucher, ein kleiner dürrer Mensch mit exakt gestutztem dunklen Bart und randloser Rundbrille, war der mir als mein künftiger Kollege aus Holland angekündigte Arie van der Meuwe. Eine äußerst unsympathische Erscheinung, fand ich.

Aber egal, mit beiden konnte ich mich auf Deutsch unterhalten, was mir nach so langer Zeit des Sprachentzugs unendlich gut tat – unabhängig vom Inhalt der Gespräche.

Der dritte, der den Raum betrat, schien der wichtigste der Neuankömmlinge zu sein, jedenfalls entnahm ich das dem Verhalten Kirks. Niemals vorher hatte ich ihn derart ehrerbietig mit einem Menschen sprechen sehen. Es handelte sich um Harold Abington, Secretary in der Administration des US-Präsidenten, wobei dieser Titel nicht eins zu eins mit Sekretär ins Deutsche zu übersetzen ist. Im Amerikanischen werden selbst hohe Beamte bis hin zum Minister als Secretary bezeichnet.

Nun war ich mittendrin in den Verstrickungen der Glaubensbrüder und bekam gleich einen Eindruck von den Machenschaften der Sekte. Natürlich habe ich zu dem Zeitpunkt schon gewusst, dass es hier um gewaltige Geldbeschaffungsmaßnahmen ging. Wie bei allen profitorientierten Unternehmen, stand die Gewinnoptimierung an vorderster Stelle. Und Big Kirk verlangte Wachstum, Wachstum, Wachstum oder zumindest konkrete Vorschläge für geeignete Aktionen zu diesem Zweck. Rückschritte akzeptierte er nicht. Er wandte sich an seine Nummer zwei in der Organisation.

„Leg los, Dudley. Wir wollen hören, wie Du den Verlust durch das Ausscheiden von Reverend Milton Granby aus dem Vorstand der ELCA wettmachen willst. Ohne den fließt kein Geld mehr von deren Vorstand. Bist du an den infrage kommenden Nachfolgern erfolgreich dran?"

Ich wusste zwar nicht, um was es hier genau ging, hatte aber sofort den Eindruck, dass diese Frage unangenehm für Dudley Fern sein musste. Er wirkte unsicher, als er um eine passende Antwort für seinen Chef rang.

„Alles noch in der Schwebe. Seit sie Granby ge-schasst haben, weigern sich die anderen Vorstände, die Einnahmen aus den Sonntagsschulen für unsere Buch-reihen, *Hort des Glaubens* und *Erlösung durch Glauben,* zu verwenden. Ich sehe da aber neue Ansatzpunkte."

Anhand des Beispiels, die bekanntermaßen seriöse Kirchenvereinigung mit überregionaler Bedeutung, *Evangelical Lutheran Church in America*, durch Beein-flussung einzelner Führungskräfte für eigene monitäre Zwecke missbrauchen zu wollen, erkannte ich, wie hier gearbeitet wurde. Dudley Fern hatte aus dem Da-tenpool der Vorstandsmitglieder diejenigen herausge-sucht, die möglicherweise manipuliert werden konn-ten. Die Namen, die er nannte wurden von der IT-Spe-zialistin Fiona sofort in allen vorhandenen Datenban-ken recherchiert und nach einiger Zeit hatte sie so ein Dossier erstellt, das bei dem einen oder dem anderen der Betroffenen Ansatzpunkte für Repressalien aus-wies. Eventuell auffällige sexuelle Präferenzen sowie familiäre Extravaganzen waren dabei die erfolgver-sprechendsten Aspekte. Dudley lieferte seinem Boss gezielte Vorschläge zur weiteren Vorgehensweise. Nachdem dieser die geplanten Maßnahmen abgenickt hatte, gab Fiona Tulane die Daten in ihr System ein, aus dem später exakte Arbeitsanleitungen hervorgin-gen. Die Namen der Mitarbeiter, die für die gezielte Detailarbeit infrage kämen, spuckte ihre Datenbank passend dazu aus.

So ging es stundenlang weiter. Mit enormer Kreativität trugen die Teilnehmer der Konferenz vor, auf welche Weise sie die Geldmittel der S.O.B. zu mehren gedachten; Vorschläge zu legalen Kampagnen kamen hierbei nicht vor.

Der Staatssekretär aus dem Weißen Haus machte unentwegt Notizen und nannte dann seinerseits Organisationen und Namen, bei deren Nennung sich die übrigen Anwesenden respektvoll ansahen. Kirk Dade lächelte milde, als er sich Harold Abington bestätigend zuwandte.

„Sehr gut, mein Lieber. Hierfür werden wir spezielle Methoden anwenden müssen. Die Mittel dazu haben wir, und nicht nur die finanziellen. Sie werden hochzufrieden sein."

Mir wurde ganz schwindelig. Ich war hier in das Getriebe einer gigantischen Korruptionsmaschinerie geraten. Das mit den Bestechungs- und Erpressungsmethoden war eine Sache. Aber der Einsatz von körperlicher Gewalt bis hin zu fingierten Unfällen, über den hier in diesem Kreis ganz ohne Scheu gesprochen wurde, das war ein paar Nummern zu groß für mich. Mir wurde aber schnell klar, mit meinem jetzigen Wissen würde ich die Organisation nicht einfach so verlassen können, zumindest nicht unbeschadet.

Der Übergang von einer unkalkulierbaren Entwicklung meiner Existenz auf der Straße hinein in die Annehmlichkeiten eines geregelten Lebens hatte mich eingelullt. Zu schnell hatte ich mich an ein bürgerliches Dasein mit allen seinen Vorteilen und Annehmlichkeiten gewöhnt und dabei übersehen, dass die Umstände dieser Konstellation, deren Auswirkungen ich nun erleben musste, einen Sprengsatz enthielten, der mich vollkommen aus der Bahn würde werfen können. Schlagartig wurde mir während dieser Konferenz klar, dass ich mich auf das Spiel würde einlassen müssen, um nicht unterzugehen.

Ich ging in die Offensive und meldete mich zu Wort und war während meiner Ausführungen über mich selbst überrascht, mit welcher Kaltschnäuzigkeit ich mich hier in diese Runde einbrachte. Ich nahm direkten Bezug auf die Ausführungen meines künftigen Kollegen, des Niederländers Arie van der Meuwe.

„Das klingt nicht schlecht, was der Kollege aus Holland da vorschlägt. Es fehlt aber etwas Gravierendes. Ich vermisse einen direkteren Bezug zu den deutschen Verhältnissen."

Alle Blicke ruhten nun auf mir. Van der Meuwe sah mich misstrauisch an. Big Kirk jedoch schien angetan von dem zu sein, was ich thematisch angestoßen hatte und gab mir freundlich lächelnd ein Zeichen, fortzufahren.

„Ich meine damit die anzusprechenden Zielpersonen in Deutschland. Die müssen präziser in unseren Fokus. Durch die Verbindungen meines Vaters kann ich ein effektives Beziehungsgeflecht benutzen, um die Ziele der *Believers* voranzutreiben. In der deutschen Gesellschaft unterscheiden sich die Interaktionen zwischen Öffentlichkeit, Politik und Kirchen grundlegend von den Verhältnissen in anderen Ländern. Für eine erfolgreiche Vorgehensweise muss das berücksichtigt werden."

Nun hatte ich nur noch aufmerksame Zuhörer um mich herum. Da niemand wusste, dass ich keinen blassen Schimmer von dem hatte, was ich da von mir gab, verschwurbelte ich mich in Details, die ich so miteinander verknüpfte, dass mir jeder Zuhörer aus diesem Mix, bestehend aus Halbwahrheiten und Spekulationen, in die von mir angedeuteten Verschwörungsstrategien folgen musste.

Das Ganze wurde garniert mit den Namen von Personen aus Politik und Kirche, die mir gerade so einfielen.

„Von den hier Genannten kommt allerdings nur eine kleine Anzahl für unsere Zwecke infrage. Es ist ganz einfach so, dass der Stellenwert der religiösen Belange nicht die gleiche Rolle spielt, wie zum Beispiel in den USA. Ich bin aber sicher, die richtigen Personen herausfiltern zu können. Eitelkeit und Gier sind bei uns natürlich ebenso verbreitet wie in anderen Gesellschaften."

Und zu Kirk Dade gewandt:

„Ich bekomm das schon hin."

Der schien beeindruckt zu sein. Er war in seinem Element und trieb den Vorgang auf seine dynamische Art voran. Kirk wies die IT-Expertin an, schon mal die ersten Schritte zur Datenermittlung vorzubereiten.

„Fiona, lass dir nochmal die Namen von O-laaf geben. Check sie durch und dann sehen wir weiter."

Es folgten drei weitere, sehr arbeitsintensive Tage in Washington D.C. Die Konferenzen dauerten jeweils bis in den späten Nachmittag an, danach folgten weitere Besprechungen des inneren Führungszirkels, an denen ich nicht teilnehmen durfte. Auch Fiona Tulane nahm daran nicht teil. In der freien Zeit bis zum abendlichen Dinner begegnete ich mehrfach der dunkelhaarigen Schönen in der Lounge unseres Apartmenthauses, wo wir uns bei einem Kaffee oder zur späteren Stunde zu einem Cocktail trafen. Ich unterhielt mich gerne mit ihr.

In unserem nachmittäglichen Smalltalk tauschten wir allerdings nur unverfängliche Dinge über unser beider Lebensweg aus. Fiona fand es interessant, sich mit einem Fachmann über Blumen und Gartenpflege unterhalten zu können. Diese Erfahrung hatte ich allerdings schon öfter im Leben gemacht, dass Frauen sich beim Thema Blumen öffneten. In aktuellen Fall leider nicht soweit, dass meine Anflirtversuche erfolgreich verliefen. Miss Tulane blockte diese auf ebenso charmante wie entschiedene Weise ab. Schade.

Ich erfuhr über sie auch nur eher Nebensächliches. Sie stammte aus einer Cajun-Familie aus New Orleans, die aber seit vielen Jahren an der Küste South Carolinas lebte, wo sie geboren und aufgewachsen war. Die innige Verbindung zu ihrer Heimat im Marschland der südlichen Atlantikküste merkte man ihr in all den schwärmerischen Erzählungen über das Leben in den Salzmarschen an. Damit hatte sie in mir, als Bewohner einer vergleichbaren Landschaft im hohen Norden Deutschlands, einen adäquaten Gesprächspartner gefunden, der wie sie ein leidenschaftlicher Flachlandbewohner einer einsamem Küstenregion war.

Über meinen Einstieg bei S.O.B. erzählte ich wenig. Einigen knappen Bemerkungen Fionas konnte ich aber entnehmen, dass ihr meine quasi familiäre Nähe zur Führungsclique der Sekte zumindest andeutungsweise bekannt war. Warum aber auch nicht?

Fionas Schilderungen über ihren beruflichen Werdegang beschränkten sich fast ausschließlich auf ihr Leben vor Eintritt bei den *Believers*. Sie hatte nach Abschluss ihres Informatikstudiums an der renommierten University of North Carolina, Raleigh-Durham, als Jahrgangsbeste einen hochdotierten Posten bei der S.O.B. im IT-Bereich angeboten bekommen und war in dieser Position bis heute tätig. Nähere Einzelheiten, die über die mir bereits bekannten Details ihrer Tätigkeit hinausgingen, erfuhr ich nicht.

Trotz dieser angenehmen Gespräche mit einer überaus sympathischen Frau fühlte ich mich wohler, als ich wieder in meine gewohnte Arbeitsumgebung in Florida zurückgekehrt war, wo mir die verzweigten Strukturen der Organisation den Schutz eines individuellen Rückzuggebietes boten. Die unmittelbare Nähe zum Führungszirkel der S.O.B. hatte mich während der Tage in Washington sehr beansprucht. Das unangenehme Gefühl dieser permanenten Anspannung, verursacht durch meinen größenwahnsinnigen Bluff, ließ mich nicht mehr los und ich dachte immer öfter darüber nach, die Sekte zu verlassen, trotz der angenehmen Seiten meines Aufenthaltes in dem wohlgeordneten Umfeld der Freikirche. Über das Wann und Wie einer möglichen Fluchtaktion war ich mir allerdings nicht im Klaren.

Wir Mitarbeiter, die wir hier in dem kombinierten Arbeits- und Wohnkomplex die meiste Zeit verbrachten, waren keineswegs kaserniert und konnten das Terrain jederzeit verlassen, wobei das Kommen und Gehen vom Personal der Portiersloge allerdings registriert wurde.

Im Laufe der folgenden Tage weitete ich meinen Aktionsradius nach Feierabend immer weiter aus, ganz einfach um mich abzulenken. An einem lauen Frühsommerabend fuhr ich mit einem öffentlichen Bus nach Rocky Creek, am Ostufer der Old Tampa Bay. Hier suchte ich das bekannte Honky Tonk, *Creek Ranch,* auf, wo an diesem Abend eine Live-Veranstaltung einer der angesagtesten Rockabilly-Bands Floridas, *The Boneshakers*, stattfinden sollte.

Es tat mir unendlich gut, in diese Szene eines gutbesuchten Musik-Klubs einzutauchen. Viel zu lange hatte ich diese Atmosphäre, mit alldem Gedränge von Menschen, die einem vielversprechenden Erlebnis einer erstklassigen Band entgegenfieberten, entbehrt. Allein schon die spezielle Ausdünstung eines solchen Clubs, das fast anheimelnde, schwere Aroma, ein Mix aus Rauchschwaden, Alkoholdunst gemischt mit dem Mief nikotingetränkter Kneipenausstattung, brachte mich sofort in Hochstimmung. Einige Biere und Whiskeys weiter hatte ich all meine alltäglichen Probleme abgelegt und schwang auf der Woge einer musikalischen Begeisterung mit.

Und der Abend wurde noch besser. Kurz vor Mitternacht bekam ich dann in dem Gedränge des vollen Lokals Kontakt zu einer dunkelblonden Frau, die sich hier offenbar ohne Begleitung vergnügte. Hier, inmitten der swingenden Menschenmenge, hatte es zunächst einen kurzen, vielversprechenden Augenkontakt mit diesem attraktiven Geschöpf gegeben, bevor ich mich auf Körpernähe an sie herangearbeitet hatte. Diese junge Frau passte mit ihrem Outfit, Jeans, Boots, legeres Oberhemd mit T-Shirt, perfekt in das Ambiente einer solchen Veranstaltung. Ihr Alter, sie schien offensichtlich etwas jünger als ich zu sein, sowie die sportliche Figur, passten ebenfalls, und die gemeinsame Vorliebe für die gleiche Art von Musik machte sie mir noch sympathischer.

„Das geht ja richtig ab hier. Scheint Dir ja absolut zu gefallen. Astreine Performance. Hast Du die Jungs schon vorher mal live erlebt?"

Kneipen-Smalltalk. Wenig originell, aber was hätte ich in dieser Situation in solch einer Umgebung an geistreichen Sprüchen anbringen sollen?

„Klar. Immer wenn sie in der Gegend sind, muss ich hin. Für unsere Gegend hier, der absolute Hammer."

Das klang schon mal gut. Meine neue Bekanntschaft, Vera, schien hier aus der Gegend zu stammen, was die hoffentlich später auftauchende Frage, *gehen wir zu Dir oder zu mir?* vereinfachen würde. Und genauso kam es dann auch. Nach einem höchst unterhaltsamen Abend in dem Musiklokal fuhren wir gemeinsam in ihr kleines Apartment in der Crosstown Road, die sich praktischerweise in der Nähe des Bayshore Boulevards befand, wo ich wohnte.

Es wurde der zügellose Rest einer heißen Nacht. Ich hatte ein enormes sexuelles Nachholbedürfnis; denn seit meiner Affäre mit Julie Dade hatte ich praktisch asexuell gelebt. Wo Veras enormes Verlangen herstammte, war mir in dieser Situation völlig einerlei.

So begab ich mich bei Tagesanbruch in einer absoluten Hochstimmung in meine Unterkunft. Kurz geduscht, die Kleidung gewechselt, ging ich nach einem kurzen Frühstück hinüber ins Büro. Später am Vormittag hatte ich eine Besprechung mit einer der Assistentinnen Big Kirks. Gerade als ich den langen Flur in der sechsten Etage in Richtung Lift ging, fiel mir vor Schreck beinahe meine Dokumentenmappe aus der Hand. Nur wenige Meter vor mir verließ eine junge dunkelblonde Frau eines der Büros in der Chefetage. Es war zweifelsfrei Vera, meine Bettgespielin der vergangenen Nacht. Sie nickte mir im Vorbeigehen freundlich zu und ohne ein weiteres Zeichen des Erkennens ging sie Ihres Weges.

Es war nicht die unpersönliche Art und Weise mit der sie mir begegnet war, die mich irritierte, sondern vielmehr die Erkenntnis, dass unser Aufeinandertreffen in der Kneipe wohl kaum zufällig gewesen sein konnte. Wir wurde klar, unbeobachtet würde ich hier im Dunstkreis der *Believers* wohl zu keiner Zeit sein. Vermutlich war ich durch meine Nähe zur Führungsspitze sowie die damit verbundene Sachkenntnis vertraulicher Details zu einer Person geworden, deren Aktionsradius eine Überwachung notwendig werden ließ.

Ich brauchte für mich einen schlüssigen Beweis. Also verließ ich in den folgenden Tagen das Areal auf verschiedenen Wegen. Mit geliehenem Auto, per Taxi oder auch zu Fuß begab ich mich wahllos zu diversen Zielen in der näheren Umgebung Tampas. Ganz gleich, wohin ich mich wandte, ich stellte jedesmal fest, dass mir jemand folgte, was nicht gerade zu einer unbeschwerten Gemütsverfassung führte. Und dieses unspezifische Unbehagen wurde noch gesteigert. An einem ganz normalen Vormittag im Büro wurde ich durch einen Anruf von Big Kirk aus meiner Arbeitsroutine gerissen.

„Olaf, nach dir wir hier verlangt. Die Cops. Du erinnerst dich noch an Houston? Der Beamte vom FBI und sein Kollege? Die wollen mit dir reden. Komm bitte sofort in das Besprechungszimmer hier bei mir."

Ich machte mich sofort auf den Weg dorthin. An diese Anhörung in Houston, als zwei Polizeibeamte etwas über einen Toten in den Trümmern in Galveston wissen wollten, erinnerte ich mich schwach. Ich wusste überhaupt nichts Näheres dazu und hatte das meines Wissens damals auch so kundgetan. In der Stimme Kirks hatte aber etwas unterschwellig mitgeklungen, das ein mulmiges Gefühl in mir aufsteigen ließ. So betrat ich den Konferenzraum mit einer gewissen Anspannung. Kirk Dade erklärte nur kurz, dass sein Teil der Anhörung vorüber wäre und ich nun der Befragte sein würde. Dann verließ er das Zimmer und grinste mir dabei aufmunternd zu.

Die beiden Polizisten hielten sich nicht mit langen Vorreden auf. Den Wortführer, Otis Duncan vom FBI, erkannte ich sofort wieder, der andere war ein Bediensteter der örtlichen Kripo, Officer Yale Muskogee. Duncan blätterte in einem dünnen Aktenordner und sah dann zu mir hinüber.

„Mr. Menzel, den Toten, den Sie gefunden haben, Jerome Rampart, wann und wo haben Sie den zum ersten Mal gesehen?"

„Was soll das denn? Ich habe diesen Menschen vorher nie gesehen. Das hatte ich Ihnen aber schon mal erklärt. Blättern Sie ruhig mal genauer in ihren Akten."

Meine Verblüffung war schnell einer Verärgerung gewichen und ich wusste überhaupt nicht, was die beiden Cops von mir wollten.

„Sie behaupten also, nicht zu wissen, dass Mr. Rampart zu Lebzeiten für die S.O.B. tätig gewesen war?"

„Das behaupte ich nicht nur, das ist so."

So verlief das Gespräch länger als eine Stunde. Unterstellungen von der einen Seite, immer verärgerter werdende Verneinungen meinerseits. Die Polizisten sahen, sie kamen auf die Art nicht weiter und so endete die Anhörung mit einer Bemerkung Duncans.

„Okay, Menzel. Wie Sie meinen. Dann müssen wir das Ganze ein wenig vertiefen. Aber nicht hier. Donnerstag Vormittag, 10:30 im Tampa Police Department TPD, Downtown in der Franklin Street. Und vergessen Sie nicht ihren Pass mitzubringen. Sie sind doch immer noch deutscher Staatsbürger, oder?"

Treffer. Das mit dem Pass gefiel mir überhaupt nicht

und bereitete mir in den darauffolgenden Tagen ein erhebliches Unbehagen.

◆

Carl, der persönliche Chauffeur Kirks, fuhr mich mit der Dienstlimousine, einem Lincoln Town Car neueren Baujahrs, am nächsten Donnerstag zur vorgesehenen Zeit nach Tampa Downtown. Die Fahrt führte an diesem milden Frühsommermorgen durch den inzwischen etwas übersichtlicher gewordenen Berufsverkehr direkt auf die markante Skyline Tampas zu.

In meiner Hemdtasche befand sich das von den Polizisten angeforderte Ausweispapier. Diesen neuen Reisepass hatte mir Kirk Dade gleich im Anschluss nach dem Verhör im Konferenzsaal ausgehändigt. Er hatte das Gespräch mit den Kripobeamten natürlich über die installierte Abhöranlage mitgehört und mich im Anschluss daran sofort zu sich bestellt. Dabei erwähnte er ganz beiläufig das Ausweisdokument.

„Übrigens O-laaf, deinen Pass wollte ich dir noch überreichen. Du weißt schon, von unserem Freund Brandmaier von der Deutschen Botschaft. Keine Angst, das Papier ist in Ordnung. Da können dir die Cops nichts wollen."

Das klang aus seinem Munde ganz simpel und nebensächlich, dass ich mir auch keine weiteren Sorgen über die bevorstehende Anhörung bei der Polizei mehr machte. Ich blätterte das Dokument kurz durch und stelle fest, dass war ein Original-Reisepass der Bundesrepublik Deutschland, ausgestellt auf meinen Namen und mit allen notwendigen Sichtvermerken versehen. Da ich außerdem die aufgefundene Leiche tatsächlich nicht kannte, konnten mir die Bullen wohl kaum Probleme bereiten.

Mit dieser Gewissheit überquerte ich nun am Donnerstagvormittag die Kennedy-Brücke und es waren von hieraus nur noch wenige hundert Meter bis zum Lykes Gaslights Park, an dessen östlichem Ende sich das Hauptquartier der örtlichen Polizeibehörde befindet.

In diesem quaderförmigen Glasbetonkasten wurde ich von zwei Uniformierten unverzüglich in das Vernehmungszimmer im Untergeschoss des Gebäudes geführt, wo die Polizeibeamten Duncan und Muskogee bereits auf mich warteten. Sie kamen sofort zur Sache.

„So, Mr. Menzel. Hier können wir etwas ungestörter miteinander reden als in ihrem verwanzten Konferenzraum. Big Boss wird hier ganz sicher nicht mithören."

Dieser scharfe Ton verunsicherte mich; denn ich war eigentlich ziemlich entspannt hierher gekommen, in der Annahme, die Polizei könnte mir keine Probleme bereiten. Dem war aber nicht so.

Nachdem Duncan meinen Reisepass intensiv begutachtet hatte, schob er mir diesen über den Tisch zurück.

„Können Sie behalten. Stecken sie den ruhig wieder ein."

Der FBI-Beamte griff in die Schublade des Schreibtisches und holte ein anderes Dokument daraus hervor. Dieses dunkelrote Stück Pappe mit verwaschenem goldenen Aufdruck war zwar etwas ramponiert, aber ich erkannte es sofort. Es war ein Reisepass der Bundesrepublik Deutschland. Ich war dann auch nicht mehr überrascht, dass es sich hierbei um meinen alten Pass handelte, den ich damals in den Turbulenzen des Unwetters in Texas verloren hatte. Duncan las meine Daten daraus vor und blätterte weiter bis zum Sichtvermerk über meine Einreise in die U.S.A.

„So, Menzel. Sie werden wohl kaum abstreiten wollen, dass Sie am 15. September letzten Jahres über LA International Airport in die USA eingereist sind. Erlaubte Aufenthaltsdauer, neunzig Tage."

Er zeigte nun auf den Kalender an der Wand und wandte sich in einem scharfen Ton an mich.

„17. Juni heute. Rechnen Sie mal nach. Nicht gerade knapp, dass Sie sich illegal in den Vereinigten Staaten aufhalten. Vielleicht haben Sie schon mal davon gehört, dass unsere Einreisebehörden seit den Anschlägen von *Nine-Eleven* höchst sensibilisiert sind und äußerst unnachsichtig bei Visa-Vergehen."

Er schaltete das mitlaufende Aufnahmegerät kurz aus und sprach dann in einem ätzendem Ton weiter mit mir.

„Ganz am Rande erwähnt, Menzel. Lager Guantanamo. Das wäre ein passender Ort, wo Verstöße gegen unsere Einreisegesetze vergolten werden. Habe ich hier diesem Zusammenhang nie erwähnt, wenn Sie wissen, was ich meine. Aber in ihrem Interesse, Sie sollten mit uns kooperieren."

Das war nun ein ganz starker Tobak. Der Hinweis auf einen möglichen Lageraufenthaltes in Guantanamo war bei aller Härte der Gesetzesverschärfung sicherlich überzogen. Dennoch, eine harte Bestrafung für ein Vergehen gegen die bestehenden Visa-Vorschriften erschien realistisch. Ich fühlte mich nun in mehrfacher Hinsicht in einer Falle. Mein Problem jetzt, ich konnte die erwünschte Aussage gar nicht machen; denn ich wusste nichts über den Tathergang des Mordes.

„Lieutenant, es ist die reine Wahrheit, ich kannte diesen Rampart lebend überhaupt nicht. Ich habe ihn als Leiche zum ersten Mal gesehen. Und wer ihn erschossen hat? Ich weiß es wirklich nicht."

Auf diese für mich höchst unerfreuliche Art ging die Vernehmung dann so weiter. Ich kam an den Punkt, an dem ich meinen Widerstand aufgab. Ich befand mich aber auch in einer extremen psychischen Belastungssituation; denn seit Monaten hatte ich keinerlei Möglichkeit gehabt, meine Sorgen und Nöte mit einem anderen Menschen zu besprechen. Ich war entweder völlig einsam gewesen oder hatte mich in schwieriger Lage mit einem an Größenwahn grenzenden Bluff kurzzeitig behelfen müssen. Noch so eine Aktion würde ich nicht mehr hinbekommen.

„Was wollen Sie hören? Sie können alles erfahren, was ich in dem Zusammenhang weiß."

Die beiden Polizisten hatten mir inzwischen durchaus geglaubt, dass ich kein unmittelbarer Tatzeuge sein könnte. Sie wussten aber über meine Nähe zum obersten Sektenführer Bescheid und dass ich mit dessen Tochter ein intimes Verhältnis gehabt hatte. Dieses war Anlass genug anzunehmen, dass ich detailliertes Wissen über interne Vorgänge haben musste. Und an die wollten sie ran, um die Indizienkette in dem ungeklärten Mordfall zu verhärten. Die Nähe eines deutschen Gärtners zur Führungsriege einer solch großen Organisation war für sie in diesem Zusammenhang unerklärlich, da musste ihrer Meinung nach einfach mehr dahinter stecken.

Ich erzählte ihnen nun die Geschichte meines Aufenthaltes in den USA von Anfang an, mit Ausnahme einiger Begebenheiten, wie zum Beispiel die Ereignisse mit dem Ehepaar Hunter in Albuquerque und andere Ereignisse, die eventuelle strafrechtliche Konsequenzen haben könnten. Ich weiß nicht, inwieweit sie mir meine Story abkauften. Duncan und Muskogee berieten sich gegen Ende des Verhörs außerhalb des Vernehmungsraums und teilten mir dann abschließend mit, was sie von mir erwarten würden.

„Okay, Menzel. Gehen wir davon aus, dass ihre Aussage soweit der Wahrheit entspricht. Tatzeuge waren Sie vermutlich tatsächlich nicht. Möglicherweise gibt es da andere. Finden Sie das heraus. Wir erwarten jetzt von ihnen, dass Sie uns alle nur denkbaren Informationen über Dade und seine Familie für die Zeit in Texas liefern werden. Es gibt ganz sicher Tickets, Bewirtungsabrechnungen etc., eben alle Zusammenhänge und Personenbewegungen um den Mord herum. Wir wollen nicht der Sekte als Organisation an den Kragen, wir wollen den Mörder. Ist das klar?"

Mehr als eine solche Aufforderung zur verdeckten Mitarbeit erschien mir in meiner Lage nicht erreichbar zu sein. Egal wie, ich musste erst einmal raus aus dieser Nummer. So sagte ich zu, all meine Möglichkeiten zur Informationsbeschaffung auszuschöpfen, obwohl ich der Auffassung war, es wäre effizienter, ein Feuer mit einem nassen Zündholz zu entfachen als auf meine Ermittlungsmöglichkeiten zu setzen.

Ich fühlte mich total beschissen, als ich das Polizeipräsidium am späten Nachmittag verließ und irrte zunächst ziellos durch die Straßen Tampas, bis mich in der Nähe der Bay Center Mall ein Lokal mit schattiger Terrasse zur Einkehr animierte. Es war ein herrlicher Sommertag, eine laue Brise wehte von der nahen Bay in den schattigen Garten des *Rusty Pelican* herüber und die Luft schwirrte nur so vor Urlaubs- und Feierabendstimmung. Ich verspürte einen stechenden Durst. Auf dem Weg zum hinteren Teil der Terrasse des Lokals blieb ich jählings stehen. Wenige Meter vor mir sah ich eine junge Frau, die ich sehr gut kannte, an einem der Tische sitzen. In einem Anflug von Paranoia schimpfte ich halblaut vor mich her.

„Scheiße, verfolgen die mich auch hier noch?"

Sie sah mich direkt an und an ihrem Blick erkannte ich, dass sie ebenso überrascht war wie ich. Das war keine Reaktion einer Verfolgerin.

Es war Fiona Tulane, die Expertin für IT-Technologie, die dort saß. Sie schaffte es gerade einmal, ein gequältes Lächeln auf ihre zarten Gesichtszüge zu installieren, als ich auf sie zusteuerte und sie um Erlaubnis bat, an ihrem Tisch Platz nehmen zu dürfen. Sie klappte ihr Notebook zu und wies auf den freien Stuhl neben der üppigen Buschhecke aus weißem und rotem Hibiskus. Da wir in den letzten Wochen häufig dienstlich miteinander zu tun gehabt hatten, waren wir es inzwischen gewohnt, locker miteinander umzugehen und konnten uns einen steifen Smalltalk ersparen.

Zu meiner Verwunderung wusste sie nichts von meinem Problem mit der Polizei. Anscheinend war sie weniger in den Informationsaustausch der Führungsebene integriert, als ich angenommen hatte. Ich erzählte ihr nun von dem Verhör und dem Leichenfund in Texas. Sie hörte aufmerksam zu und unterbrach mich erst, als der Name Jerome Rampart fiel.

„Oh, mit dem habe ich mal kurz gesprochen. Und zwar ging es da um eine meiner Vorgängerinnen, eine gewisse Ronda Vaughn. Hab sie nie kennengelernt. Aber dieser Typ namens Rampart kannte sie wohl näher und hat mehrmals nach ihr gefragt. Und der ist ermordet worden? Unglaublich."

Von Fiona erfuhr ich dann, dass diese Ronda eine Zeit lang eine der der häufig wechselnden Gespielinnen Bik Kirks gewesen war und irgendwann später spurlos verschwand, nach Kalifornien, munkelte man. Anscheinend hatte dieser Rampart seinerzeit nach ihrem Verbleib geforscht.

Anlässlich verschiedener Gelegenheiten in den vergangenen Monaten hatte ich Fiona Tulane stets als äußerst professionell arbeitende Expertin kennengelernt.

Ihre Einbindung in die Inhalte der *Believers* hatte ich allerdings nicht einschätzen können. So, wie sie sich heute äußerte, glaubte ich einen gewissen kritischen Abstand zu Inhalten der Sekte heraushören zu können.

Mir tat das heutige Zusammensein mit der jungen Frau unendlich gut und in meiner sich allmählich lösenden Anspannung begann ich, aus meiner jüngsten Vergangenheit zu berichten, vor allem über die Erlebnisse während meines Aufenthaltes hier im Lande. Und während diese Geschichte nur so aus mir herausströmte, verspürte ich eine ungeheure Erleichterung. Die Umstände meines Lebens der letzten Monate, entweder als total vereinsamter Tramp oder als Mitläufer in einer perfekt strukturierten Organisation mit einer Lüge lebend, hatten einen emotionalen Stau in mir verursacht und mich mental ziemlich zerfranst.

An diesem Nachmittag war es mir völlig egal, was meine Gesprächspartnerin mit meinem Bekenntnis anfangen würde. Sie unterbrach mich nur selten in meinem Redefluss. Manche Situationen, wie zum Beispiel das Abenteuer mit Philly und Eddy Hunter, schienen sie besonders zu erheitern. Ihr wohlklingendes Lachen an einigen Stellen meiner Schilderung nahm ich als eine Art Beifall aufmunternd entgegen.

„Eine unglaubliche Geschichte. Klingt wie ein bizarrer Roadtrip. Das solltest du aufschreiben."

Im weiteren Verlauf dieses Abends geschah es, dass ich mich in Fiona verliebt habe. Ihr das so zu offenbaren, traute ich mich allerdings nicht. So plauschten wir angeregt weiter und garnierten meine Geschichte hier und da noch mit einigen lustigen Kommentaren.

Aber dann wurde Fiona ernst. Sie ließ mich wissen, dass ihr irgendwann während der Nachforschungen über die von mir als Zielpersonen in Deutschland genannten Ansprechpartner, Zweifel gekommen waren. Wie konnte ein einfacher Gärtner derart enge Kontakte zu so vielen prominenten Personen des öffentlichen Lebens geknüpft haben? Und die Beziehungen meines Vaters im Netz der unabhängigen Glaubensgemeinschaften? Das passte hinten und vorne nicht. Durch gezielte Recherchen im Internet hatte sie herausgefunden, dass mein Vater lediglich Beisitzer im Vorstand einer regionalen Freikirche ist und meine Person keinerlei Bezug zu gesellschaftspolitischen Netzwerken erkennen lässt. Diese Informationen hatte sie bis jetzt für sich behalten. Kirk Dade hielt mich daher immer noch für einen hochkarätig vernetzten Insider in Angelegenheiten deutscher Kirchenstrukturen. Trotz der ihm eigenen Gerissenheit glaubte er in meinem Fall eben das, was er gerne glauben wollte.

„Das kann nicht mehr lange gut gehen, Olaf. Wenn der Big Boss das herausbekommt, dann bist du dran. Du weißt, der ist nicht zimperlich. Zumindest nicht, wenn man ihn derart verarscht. Und weiter, du hast inzwischen zu viel Insiderwissen."

„Und was ist mit Dir, Du kennst doch viel mehr Interna? Und im Moment höre ich da nicht nur die reine Zufriedenheit."

Diese Wendung unseres Gesprächs kam unerwartet.

Wir legten nun gegenseitig die Karten offen auf den Tisch. Fionas befand sich augenscheinlich in einem Dilemma. Sie konnte die teils hochkriminellen Machenschaften der S.O.B. nicht weiter ignorieren und entfernte sich dabei innerlich von der Sekte. Ich hatte mich bereits vorher zu solch einer Abwanderung entschlossen, war mir aber nicht im Klaren, wie und wann diese vonstatten gehen könnte.

„Komm, lass uns beide zusammen sofort abhauen. Bis die das gecheckt haben, sind wir schon über alle Berge."

„Nee, nee, mein Lieber. So wird das nichts. Unterschätz nicht die Möglichkeiten Big Kirks. Der hat uns innerhalb kürzester Zeit aufgespürt. Dann geht's uns aber richtig an den Kragen. Mit abtrünnigen Insidern macht der kurzen Prozess. Denk mal an die Methoden, die damals in Washington erwähnt wurden."

Sie hatte recht. Diese Leute hatten ein landesweites Informationsnetz und schreckten bei der Durchsetzung ihrer Ziele vor nichts zurück. Fiona erläuterte mir dann ihre angedachte Vorgehensweise. Sie würde noch einige Tage benötigen, um ausreichend brisantes Material über kriminelle Beziehungsgeflechte und illegale finanzielle Transaktionen zu beschaffen. Besonders das Wissen über diese dubiosen Geldgeschäfte würden ein wesentliches Element für unsere Abschirmung gegen Vergeltungsaktionen seitens der S.O.B. sein und ein wirkungsvolles Druckmittel gegenüber Kirk Dade.

„Und wenn wir damit direkt zur Polizei gingen?"

„Hab ich auch schon überlegt. Aber das ist mir zu riskant. *Whistleblower* werden seit der NSA-Affäre um Edgar Snowdon von den Behörden nicht gerade geliebt. Zeugenschutzprogramm? In solch einem Fall illusorisch. Und was noch gravierender ist: Dieses kriminelle Schwein von Dade lässt uns ganz einfach umbringen. Und das wird nicht alles sein. Der geht auch an die Familienangehörigen ran."

So kamen wir überein, dass Fiona die Dateien, die unser Überleben garantieren könnten, so schnell wie möglich erstellen sollte. Danach würden wir uns absetzen. In der Zwischenzeit wollte sie mich noch mit einigem Informationsmaterial versorgen, das ich dem FBI zukommen lassen würde, damit die mich einstweilen in Ruhe ließen und möglicherweise gezielt gegen Kirk Dade ermitteln könnten.

Am Morgen nach dem amerikanischen Nationalfeiertag, dem 4. Juli, benötigt fast ganz Amerika eigentlich einen weiteren freien Tag, um die Folgen des kollektiven Besäufnisses, das in den USA flächendeckend anlässlich dieses Ereignisses stattfindet, auszukurieren. In Tampa ist das nicht anders. Fiona und ich hatten an diesem allgemeinen Großgelage im Anschluss an die obligatorische Straßenparade nicht teilgenommen und so fühlten wir uns entsprechend frisch. Die Aufregung, ab jetzt mit einer gravierenden Veränderung unseres Lebens umgehen zu müssen, versetzte uns in einen schwirrenden Spannungszustand, als wir die Wohnanlage am Ufer der Hillsborough Bay früh am Morgen verließen.

Der diensthabende Pförtner befand sich, wir hatten es nicht anders erwartet, wie immer in seiner Loge, um Personenbewegungen vom und zum S.O.B.-Center zu registrieren. Im Kofferraum von Fionas Dienstwagen, einem weißen Chevrolet Malibu, befand sich unser Gepäck, das nur aus zwei Reisetaschen bestand. Das wichtigste Utensil, ein USB-Stick mit den brisanten Dateien, hatte sie in ihrer braunen Lederhandtasche untergebracht.

Der um diese Zeit noch spärlich tröpfelnde Straßenverkehr ermöglichte uns ein zügiges Vorankommen. Viel wichtiger war aber, dass wir dabei auch den rückwärtigen Verkehr gut überblicken konnten; denn mit einer Überwachung unsere Fahrt mussten wir rechnen. Und tatsächlich, nach wenigen spontan ausgeführten Abbiegemanövern wussten wir Bescheid: Die zwei Typen im blauen Mazda hinter uns verfolgten unser Fahrzeug konsequent. Fiona grinste mich von der Seite an.

„Siehst Du. Da ist sie ja, unsere Leibgarde. Viel Erfolg, meine Herren."

An einem kleinen Park an der schmalsten Stelle der Bucht hielten wir an, unsere Verfolger bis dahin immer im gebührenden Abstand zu uns. Wir schlenderten mit unseren kleinen Taschen in der Hand gemächlich an der Uferpromenade entlang um dann urplötzlich auf eine Personenfähre zu springen, unmittelbar bevor diese in Richtung Ostufer ablegte. Die Verfolger erfassten diese Situation zu spät und hatten das Nachsehen und eilten im Laufschritt zu ihrem Auto zurück.

Wir wussten, es war zeitlich für sie nicht zu schaffen, die Bucht auf dem Landweg zu umfahren, um bei Ankunft des Fährbootes rechtzeitig am anderen Ufer zu sein. Wir hatten sie, wie erhofft, abgehängt und stiegen mit dem Gefühl eines ersten kleinen Triumphs in den am Ufer bereitstehenden Mietwagen.

In der jetzt immer noch vorherrschenden geringen Verkehrsdichte kamen wir zügig voran. Einige Meilen weiter in nordöstlicher verließen wir den Highway No. 4 und fuhren auf die Interstate I-75 Richtung Norden.

Es war eine angenehme Fahrt durch eine Landschaft ohne nennenswerte Erhebungen. Landschaftlich durchaus reizvoll diese weite Ebene, die zwischendurch immer wieder von verzweigten Fluss-Mäandern durchzogen war. Dazwischen ein Verbund von Seen, an deren Ufern lichte Kiefernwälder gemeinsam mit den typischen Sabal-Palmen als Unterholz die Kulisse darstellten. Ansonsten schien es hier Zitrusfrucht-Plantagen ohne Ende zu geben, Orangen, Grapefruit, Satsumas, eben all die leckeren Vitaminbomben. Jetzt am frühen Morgen waren die Temperaturen noch erträglich, später würde es in dieser subtropischen Gegend unerträglich heiß werden; denn hier im Landesinneren fehlt die kühlende Brise der Küstenregion.

Kurz vor der Universitätsstadt Gainesville bogen wir nach einer kurzen Imbisspause ab, um uns in nordöstlicher Richtung nach Jacksonville zu begeben. Wir hatten in den letzten Tagen zwar immer wieder über unser Vorhaben gesprochen, aber Fiona hatte mir dabei noch nicht alle Einzelheiten unserer Flucht geschildert, das sollte ab jetzt immer häppchenweise geschehen.

„Der Mietwagen muss weg. Alles, was über Kreditkarte zu buchen ist, kann zurückverfolgt werden. Wir werden das Auto in Jacksonville am Flughafen abgeben."

„Um wo hin zufliegen?"

„Wir fliegen gar nicht. Abgabepunkt Airport führt erstmal auf eine falsche Fährte. Wie nehmen den Bus. Von Jacksonville mit Greyhound nach Wilmington in

Delaware. Alles wird Cash bezahlt."

Diese Vorgehensweise leuchtete mir ein, die Route dagegen sagte mir gar nichts. Fionas anschließende Erläuterungen bestätigten mir jedoch, dass sie eine ungeheuer akribisch planende Person mit einem analytischen Verstand sein musste. Ihr Plan stand wohl noch nicht bis zu unserem absoluten Endpunkt fest, aber ich konnte bislang keine Schwachstelle in ihrem Vorhaben erkennen.

Am vorläufigen Ziel unserer Flucht sollten dann die Weichen für die Zukunft gestellt werden. Zu meinem besseren Verständnis erfuhr ich auch einiges über finanztechnische Möglichkeiten, die man im Bundesstaat Delaware hat; anonym aber sehr effektiv durchzuführen. Dieser Bundesstaat, von dessen Existenz ich bis dahin noch nicht einmal gehört hatte, war für Finanzgeschäfte in Amerika wohl so etwas wie die Schweiz oder Liechtenstein in Europa. Fionas Erläuterungen verstand ich nur in groben Zügen, die Einzelheiten überstiegen meinen Horizont jedoch beträchtlich. Dabei jonglierte sie mit Beträgen, bei deren Höhe mir schwindlig wurde. Und diese Summen sollten dann auch noch von den *Believers* kommen. Unglaublich, diese Frau.

Einige Meilen westlich von Jacksonville, der größten Stadt in Florida, fuhren wir auf die Interstate I-10.

„So, diesen Highway kenne ich aber. Zwar nicht genau diese Stelle, aber für einige Wochen habe ich praktisch auf diesem langen Stück Asphalt gelebt. Das war mein erstes großes Ziel, von Pazifik in Kalifornien bis an die Atlantikküste bei Jacksonville zu gelangen. Irgendwie schließt sich jetzt der Kreis."

„Und danach fährst Du die Küste ganz einfach hoch. Immer weiter nach Norden, in Richtung New York. Da könnte dein Trip wie geplant im September zu Ende sein - wäre da nicht unser kleines Problem."

„Oder eher unser großes. Denn wir haben Big Kirk im Nacken. Ich hab aber den Eindruck, der hat in Dir eine mindestens ebenbürtige Gegenspielerin gefunden."

Nachdem wir das Mietauto am Jacksonville International Airport abgegeben hatten, fuhren wir mit dem Flughafen-Shuttle-Bus nach Jacksonville Downtown, wo wir in einem Hotel nahe des Greyhound-Terminals in der Pearl Street übernachteten. Die Strecke von ungefähr achthundert Meilen bis nach Wilmington würden wir dann auf einer Nachtfahrt in den bequemen Sitzen des Überlandbusses bewältigen. Mit den obligatorischen Zwischenstopps würde die Fahrt ca. vierzehn Stunden dauern.

Eine Nacht auf einem amerikanischen Highway. Ich hatte mich auf ähnlichen Strecken schon unbehaglicher gefühlt. Auf diese Art durch die Dunkelheit gerollt zu werden empfand ich als sehr angenehm. Das monotone Fahrgeräusch ließ mich in den bequemen Sitzen des Busses schläfrig werden, nachdem unser Gespräch allmählich verebbt war und wir beide nur noch unseren Gedanken nachhingen.

Auf den ersten Stopp in Savannah in Georgia folgte eine ungestörte Fahrt bis Richmond in Virginia, wo der geruhsame Schlaf unterbrochen wurde. Die halbstündige Pause nutzten wir, um uns die Beine zu vertreten und für einen Imbiss im Bus-Terminal. Jetzt in der Nacht war von der Umgebung kaum etwas wahrzunehmen. Lediglich die dunklen Umrisse hoher Häuser waren zu erkennen. Dieser Anblick schuf durch die zuckenden Neonlichter ein vielfarbiges, grelles Zerrbild einer nächtlichen amerikanischen Stadtlandschaft.

Über die Bundeshauptstadt Washington D.C. und die malerisch an der Chesapeake Bay gelegene Stadt Baltimore erreichten wir dann gut ausgeruht am frühen Vormittag unser Ziel Wilmington.

Bei einem ausgiebigen Frühstück erklärte mir Fiona die nächsten Schritte unserer geplanten Vorhabens.

„Das musst du dir aber nicht in allen Einzelheiten merken. Erstmal kommt 'ne Menge finanztechnischer Kram auf uns zu. So ganz tief bin ich auch nicht drin in dieser Materie. Mein alter Freund Travis wird das schon managen."

Sie hatte im Vorfeld eine frühere Verbindung wieder aufleben lassen. Travis Harlowe und Fiona kannten sich aus gemeinsamen Studienzeiten an der Universität in Raleigh. Dieser Travis ist als Wirtschaftsanwalt in der Sozietät Margate, Delay, Lake & Partner in Wilmington tätig. Diese ist eine der unzähligen Anwaltskanzleien in der Stadt, die sich ausschließlich um monetäre Transaktionen finanzstarker Mandanten kümmert.

Der winzige Bundesstaat Delaware, unweit der Bundeshauptstadt Washington D.C., ist eine der bedeu tendsten Steueroasen, oder Tax-Haven, wie die Amerikaner diese nennen, für Firmengründer, Anleger und Steuerflüchtige aus aller Herren Länder. Nach den in Delaware bestehenden, sehr speziellen Landesgesetzen laufen derartige Vorgänge hier völlig legal ab. So wundert es nicht, dass eine Vielzahl international tätiger Großkonzerne hier eine der mehr als 600.000 Briefkastenfirmen aus Gründen der Steuerminderung oder Steuervermeidung unterhält. Die Effektivität in Bezug auf Verminderung von Steuern und Verschleierung von Kapitalströmen aller Art ist hier ist weit aus höher als in den oft angeprangerten Steuerparadiesen Cayman Islands oder Liechtenstein. Und auf dieser Spielwiese des Großkapitals wollte eine Fiona Tulane sich gemeinsam mit einem städtischen Gartenbauangestellten aus Nord-Deutschland tummeln.

Die Kanzlei, in der Travis Harlowe beschäftigt war, liegt mitten im Finanzdistrikt der Stadt, North Orange Street. Wir betraten das Gebäude, ein schlichter zweistöckiger Bau von unauffälliger Gediegenheit, durch den Eingang für Kunden direkt neben dem Corporation Trust Center. Eine liebenswürdige Empfangsdame geleitete uns umgehend zu Travis' Büro, wo wir, ganz besonders Fiona, herzlich begrüßt wurden.

„Schön Dich zu sehen, meine Liebe. Nach all den Jahren. Und dann mit solch einem Anliegen. Eine private Verabredung hätte mich aber auch gefreut. Hi, Olaf."

Er bat uns Platz zu nehmen und hörte aufmerksam

zu, was Fiona vortrug. Natürlich erläuterte sie ihm den Hintergrund unseres Vorhabens und die Einbindung der *Believer* mit Kirk Dade in diese Geschichte. Diese Sekte, einschließlich seiner Führungsspitze, ist in der amerikanischen Öffentlichkeit wohlbekannt. Aber nicht jeder hegt unbedingt Sympathie für eine solch aufdringliche Religionsgemeinschaft.

„Donnerwetter. Dass Big Kirk ein geldgeiler Händler religiöser Massenware ist, habe ich vermutet. Aber, dass er soweit gehen würde? Nicht ungefährlich euer Vorhaben. Ihr müsst mir aber zuvor die Rechtmäßigkeit eurer geplanten Geschäfte formal bestätigen. Alles andere unterliegt meiner anwaltlichen Schweigepflicht. Das kriegen wir schon alles hin."

Fiona sprach mit ihm die auf ihrem USB-Stick gespeicherten Dateien durch und Travis entwarf mehrere Skizzen von Organigrammen möglicher Firmenstrukturen, die er ausführlich mit ihr diskutierte. So weit ich es verstand, handelte es sich dabei um die Gründung und Registrierung einer Stiftung und einer Briefkastenfirma nach hier gültigem Recht. Leben in dieses Finanzgebilde zu bringen, ebenso wie die treuhänderische Abwicklung aller anfallenden Geschäftsvorgänge, würde Margate, Delay, Lake & Partner übernehmen. Fiona und ich würden anonym im Hintergrund bleiben. Auszuführende Überweisungen und Geldentnahmen wären ausschließlich passwortgeschützt abzuwickeln. Obwohl die beiden äußerst konzentriert zu Werke gingen, dauerte es länger als zwei Stunden, bis das Finanzkonstrukt im Rohentwurf stand.

„So, das hätten wir. Ihr braucht für eure Geldtransfers dann nur noch ein Referenzkonto im steuerlichen Ausland. Deutschland ist da eher ungeeignet."

Er grinste mir dabei augenzwinkernd zu und nannte uns ein für für diese Zwecke geeignetes Land, über das ich überhaupt nichts wusste.

„Ich empfehle euch Belize. Das liegt an der Südostgrenze Mexikos, ist englischsprachig und aus den USA einfach zu erreichen. Sehr diskret im Umgang mit ausländischen Geldanlagen. Keine Angst, ihr müsst da nicht leben. Nur einmal persönlich erscheinen für die Kontoeröffnung. Das ist es dann auch schon. Alles andere läuft dann per Karte oder Internet. Aber zu solchen Abwicklungen muss ich Fiona ja nichts erklären."

Wir unterschrieben verschiedene Formblätter und hinterlegten Passwörter. Der nächste, von uns ersehnte Vorgang, wäre dann schon ein Geldeingang auf diesem Konto. Die *Believer* sollten bluten So einfach schien das zu sein.

◆

Das, was als simpler Kurztrip nach Belize und zurück geplant war, hatte sich dann doch als eine etwas umständliche Reise erwiesen.

Vorher verbrachten wir zwei entspannte Tage im nahen Baltimore, von wo aus der Flug mit American Airlines nach Belize City stattfinden sollte.

Im kleinen romantischen *Pier 5 Hotel* an der Waterfront gegenüber dem National Aquarium fand dann endlich das Ereignis statt, auf das ich so sehr gehofft hatte. War die Beziehung zwischen Fiona und mir bisher eher freundschaftlich-geschäftlich gewesen, so wurde nun eine Liebesbeziehung daraus.

Im Anschluss an ein exzellentes Seafood-Dinner im benachbarten *Inner Harbour Bar & Grill* fanden wir nach der Rückkehr auf das Hotelzimmer nach all der bislang rein freundschaftlichen Umgehensweise miteinander, endlich auch intim zueinander. Eine unvergessliche erste Nacht verbrachte ich mit der Frau, die mich schon vor Wochen in ihren Bann gezogen hatte und in die ich mich schließlich an dem Abend im *Rusty Pelican* in Tampa verliebt hatte. Wir genossen dieses Erlebnis beide mit dem Gefühl, dass hier etwas ganz Besonderes zustande gekommen war; wir stimmten von Anbeginn an ideal überein.

In den letzten Monaten hatte ich gezwungenermaßen überwiegend enthaltsam gelebt und konnte kaum genug davon bekommen, was mir jetzt geboten wurde. Ich spürte einen gravierenden Unterschied zu den spärlichen Sex-Erlebnissen vorher. Dieses hier war in keiner Weise mit dem aufdringlichen Hausfrauen-Sex einer Philly Hunter oder der Triebabarbeitung der semi-nymphomanen Tochter Big Kirks vergleichbar.

Fiona schien in unserer ersten gemeinsamen Liebesnacht von einem ähnlichen Gefühl voller Hochgenuss erfüllt zu sein wie ich. Sie lag irgendwann erschöpft und gänzlich entspannt neben mir und strahlte.

„Dass Du das damals nicht weiter verfolgt hast, habe ich nie verstanden. Nach heute Nacht um so weniger. Ein halbherziger Flirtversuch in Washington, und dann kam nichts mehr. Hatte mich schon stutzig gemacht, dass du so schnell das Interesse verloren hattest."

„Oh ha. Da habe ich wohl voll daneben gelegen, ich Esel. Die Abfuhr damals habe ich aber als ziemlich eindeutig in Erinnerung. Eigentlich bin ich in solchen Dingen nicht übermäßig schüchtern. Wie auch immer, *better late than never.*"

So gingen wir dann als wirkliches Paar auf die Reise nach Belize. Die Hinreise von Baltimore nach Belize City war noch recht entspannt, trotz der relativ langen Gesamtdauer von über sechs Stunden, inklusive eines Stopps in Miami. Fiona agierte in Kenntnis der Verfolgungsmöglichkeiten digitaler Spuren überaus vorsichtig und hatte deshalb nur den Hinweg per Flugzeug geplant. Zurück sollte es dann mit dem Bus über Guatemala und Mexiko zurück in die USA gehen. Das würde unsere Spuren im Falles eines Falles verwischen, sollte sich dann letztlich aber als enorm strapaziös erweisen.

Der rein geschäftliche Teil unserer Reise, die Kontoeröffnung mit den dazugehörigen Formalitäten bei der *Atlantic Offshore Bank* in den Marina Towers an der Uferpromenade in Belize City, ging zügig vonstatten. Die Unterschriften und Passwörter wurden hinterlegt. Das Konto war zur Nutzung auf Guthabenbasis eingerichtet und würde nach dem ersten Geldeingang aktiviert werden. Über entsprechende Kreditkarten und zwei ATM-fähige Kontokarten würden wir unseren Zahlungsverkehr dann weltweit abwickeln können.

Zwei Übernachtungen im nahen Princess Hotel waren für unseren Aufenthalt ein ausreichendes Zeitlimit. Danach würden wir die Rückreise antreten, zunächst per Bus. Die Route sollte von Belize quer durch Guatemala führen und später in Villahermosa in Mexiko enden. Von dort aus per Flugzeug in die USA einzureisen, erschien uns sicher. Mit dieser, zugegebenermaßen umständlichen Reisevariante würden wir keine verfolgbaren Dateispuren hinterlassen; denn unsere Reiseroute durch mehrere mittelamerikanische Staaten wäre selbst für gut informierte Ermittler kaum nachvollziehbar.

Die Fahrt mit dem klimatisierten Überlandbus führte von der größten Stadt des Landes auf einer erstaunlich gut befahrbaren Straße durch dichte Dschungelgebiete in den Nachbarstaat Guatemala. Fiona hatte hatte für die Busfahrt durch Belize und Guatemala bis in die mexikanische Großstadt Villahermosa zehn Stunden Reisedauer eingeplant, Zwischenstopps inbegriffen. Doch dazu kam es erst gar nicht.

„Für Außenstehende nicht nachvollziehbar, dieser Weg. Wer sollte schon an unsere Reisedaten kommen? Und wo nach uns suchen, im Wirrwarr der internationalen Flugbewegungen? Selbst wenn der Flug bis Belize überprüfbar gewesen wäre. So schnell kommt kein Außenstehender an Flugdaten ran."

Was uns natürlich kein Routenplaner hatte vorausberechnen können, waren die Wetterbedingungen in dieser Region. Wir befanden uns mitten in der Regenzeit, die neben einer große Hitze mit extrem hoher Luftfeuchtigkeit auch heftige Wolkenbrüche mit sich brachte. Die Folge des schlechten Wetters war, dass wir eine knappe halbe Stunde nach dem Grenzübergang bei Benque Viejo Frontera von einem Erdrutsch getroffen wurden. Auf rutschiger Straße wurde der Bus von den Lehmmassen in den Straßengraben gedrückt. Glück im Unglück: Keiner der Insassen wurde ernsthaft verletzt und wir beide kamen mit nur leichten Prellungen davon.

Den Schrecken noch ins Gesicht geschrieben, warteten wir dann in der undurchdringlichen Dunkelheit des Urwalds auf Hilfe. Eine entsetzliche Angst kroch in uns hoch. Um uns herum tiefste Dunkelheit. Selbst jetzt in der Nacht noch eine dampfende Hitze um uns herum. Der extrem starke Regen paralysierte uns und machte alle Versuche zunichte, vom matschigem Dschungelboden auf festen Untergrund zu gelangen. Dazu die schaurige Geräuschkulisse einer an den Nerven zerrenden Kakophonie, intoniert von den im Dschungel lebenden Wildtieren. Es dauerte mehrere Stunden bis ein Bergungstrupp die Unglücksstelle erreichte hatte.

Für die Beseitigung des Straßenschadens würden die Helfer mehrere Tage brauchen. Wir Businsassen wurden per Hubschrauber zur medizinischen Untersuchung und Versorgung in die nicht weit entfernte Stadt Santa Élena am Petén-Itza-See nahe der Maya-Ruinen von Tikal geflogen. Am nächsten Tag konnten wir unsere Reise fortsetzen. Wir brachen dann aber nicht wie geplant zu einer Busreise auf, sondern nahmen eine Flugverbindung vom Aeropuerto Mundo Maya nach Cancun in Mexiko wahr, mit Weiterflug nach Baltimore. Der unglückliche Verlauf der Reise hatte uns dadurch eine erhebliche Zeitersparnis eingebracht.

◆

Das war ein Leben!

Die erholungssuchenden Städter aus dem nahen Manhattan kamen jetzt im Spätsommer nicht mehr in großen Strömen an die Strände auf Long Island. Lediglich an sonnigen Wochenenden belebte sich die Szene hier etwas stärker. Die Dünenlandschaft, an der Südküste von Oak Island Beach auf der New Yorker Insel Long Island gelegen, war für uns ein idealer Platz für ein entspanntes Dasein. Und Entspannung konnten wir gut gebrauchen; denn in den Wochen zuvor waren wir enormen Belastungen ausgesetzt gewesen.

Fiona und ich saßen mit einem kühlen Drink auf der hölzernen Veranda unseres Ferienhauses und blinzelten in die immer noch angenehm warme Abendsonne. Jeder von uns hing seinen Gedanken nach. Ich konnte mir im Moment gar nicht vorstellen, dass mein Aufenthalt hier im Lande in wenigen Tagen zu Ende gehen sollte. Der 15. September rückte immer näher und damit das vereinbarte Treffen mit meinem Freund Gerald Volkmann vor dem Hard Rock Café in am Broadway, um unsere Wette zu ihrem Ende zu bringen.

Ich hatte in den zurückliegenden zwölf Monaten mit soviel einschneidenden Ereignissen in meinem alltäglichen Dasein umgehen müssen, dass die Erinnerung an mein ursprüngliches Leben unter einem diffusen Schleier verborgen zu sein schien. Dazu die Beziehung zu Fiona, die nun mein Leben prägte. In unserer zurückliegenden gemeinsamen Zeit hatten wir uns über alle möglichen Dinge unterhalten, das Thema, Abschied voneinander nehmen zu müssen, hatten wir dabei stets ausgespart.

Unser beider Leben kam uns jetzt wie ein unwirklicher Traum vor. Kaum zu glauben, dass ein Kirk Dade die finanzielle Grundlage für dieses angenehme Leben ermöglicht hatte. An die Vorgänge, die das eingeleitet hatten, werde ich mich ganz sicher mein Leben lang in allen Details erinnern können.

Das Ganze begann damit, dass Fionas finanzielle Mittel irgendwann erschöpft waren. Ich konnte an Geld ohnehin nichts beisteuern. So nahm sie, wie geplant, nachdem wir uns von unserem Mittelamerika-Trip wieder einigermaßen erholt hatten, telefonisch Kontakt zur Big Kirk auf. Technisch ging sie wie immer mit äußerster Vorsicht zu Werke und telefonierte grundsätzlich nur per Handy und mit wechselnden Prepaid-SIM-Karten, um eine mögliche Ortung auszuschließen. Inhaltlich ging Fiona sehr zielgerichtet vor. Dass sie gleich in dem ersten Telefongespräch mit Dade den Kern des Anliegens exakt getroffen haben musste, konnte ich seiner Reaktion unschwer entnehmen. Er reagierte auf seine erwartet dreist-freche Art.

„Ach, das Fräulein Datenklau. Na, was hast Du mir denn zu bieten, du hinterhältige Schlampe. Schnüffeln, Klauen und Abhauen, das ist wohl typisch für diese

Art von Südstaaten-Luder?"

„Dade, bleiben Sie locker. Sie werden noch Grund genug haben, sich aufzuplustern. Merken Sie sich das genau, was ich ihnen nun mitteilen werde. Am besten, Sie schreiben mit."

Im weiteren Verlauf des Gesprächs forderte sie den Sekten-Boss auf, einen Betrag von vier Millionen USD zu überweisen. Sie nannte ihm die Nummer unseres Referenzkontos in Wilmington. Kontoinhaberin war die über Travis Harlowe gegründete Stiftung, die keinerlei Verbindung zu uns erkennen ließ. Diese Aufforderung quittierte Kirk Dade mit einem schallenden höhnischen Lachen.

„Du bis ja völlig übergeschnappt. Nicht einen beschissenen Cent werde ich überweisen. Schreib dir das hinter deine dreckigen Cajun-Ohren, du Miststück."

Mit diesen ausfälligen Bemerkungen hatte er aufgelegt. Fiona fühlte sich durch diese üble Beschimpfung keineswegs gekränkt, sie hatte eine ähnliche Reaktion erwartet. Ihre französisch-kreolische Herkunft hatte sie außerdem auch noch nie als Makel empfunden. Musste sie auch nicht; denn sie war eine ausgesprochene Schönheit mit einem sehr anziehenden exotischen Einschlag.

„So Olaf, komm. Nun geht's weiter."

Wir hatten das Telefonat seinerzeit aus unserem Hotelzimmer geführt und begaben uns in das nächstbeste Internet-Café der Stadt. Hier loggte sie sich in einen speziell vorbereiteten E-Mail-Account ein, dockte einen USB-Stick an und kopierte daraus mehrere Dateien, die sie an eine E-Mail hängte. Der Text dieser Botschaft war knapp gehalten, der Dateianhang jedoch bedeutungsschwer und von elementarer Brisanz für den Empfänger.

Der angeforderte Betrag ist binnen fünf Tagen auf das genannte Konto zu überweisen. Bei Überschreitung der Frist geht das Daten-Material an die Presse und das FBI. Die Bedingungen sind nicht verhandelbar. Eine Kopie der Datei ist treuhänderisch hinterlegt und wird im Falle eines gewaltsamen Todes den Ermittlungsbehörden zugänglich gemacht werden.

Ich konnte mit einem Blick auf die Dateien erkennen, warum Fiona so sicher war, dass Kirk Dade die Summe überweisen würde. Diese Unterlagen enthielten brisante Schrift- und Bilddateien über kompromittierende Vorgänge illegaler Aktionen, die Big Kirk in seinem System komplett abgespeichert hatte. Fiona hatte es geschafft, diese Dateien auszuspähen und daraus ein Dossier anzulegen, das im Klartext Vorgänge und Namen enthielt, die das Ausmaß der verbrecherischen Verstrickungen in seiner gewaltigen Dimension aufzeigten. Das finanzielle Fundament der S.O.B. beruhte demnach auf einem gigantischem Netz krimineller Machenschaften.

„Das ist kaum zu glauben. Der Big Boss hat all das schön säuberlich archiviert, damit Du da so einfach ran kommst? So dämlich kann der doch gar nicht sein."

„Nee, ist er auch nicht. Ganz so einfach war das natürlich nicht. Die Dateien befinden sich nicht auf irgendeinem beliebigen Rechner. Nein, nein, das liegt alles professionell verschlüsselt in seinem privaten Computersystem. Schwer da ran zu kommen."

Sie kannte ihren früheren Boss gut und so wusste sie auch, wie er vielen Belangen tickt. Ich selbst habe mehrere Facetten seiner schillernden Persönlichkeit kennengelernt, und hatte ständige neue Züge an ihm entdecken können. Fiona kannte ihn sehr viel besser – unter anderem als enorm geldgierigen Typen und absoluten Kontroll-Freak. Aus diesem Grund, und auch um eventuell andere Beteiligte bei Bedarf später unter Druck setzen zu können, dokumentierte er alles, was ihm wichtig erschien. In den Unterlagen tauchten schriftliche Belege und Bilddateien über Schmiergeldzahlungen und andere Schweinereien auf. Das reichte hinauf bis in höchste politische und gesellschaftliche Ebenen. Einige hochrangige Personen aus diesem illustren Kreis kannte ich persönlich von der Tagung in Washington. Fiona erläuterte, wie sie an das Material gekommen war.

„Das System zu knacken, war harte Arbeit, hat ganz schön lange gedauert. Deswegen konnte ich damals auch nicht sofort auf deinen Vorschlag eingehen. Du erinnerst dich doch an unseren schicksalhaften Abend in der Kneipe in Tampa? Ich hab das nicht alleine hingekriegt. Ich ahnte nur, dass es so etwas geben müsse. Alles andere hat *Mighty Mickey*, ein guter alter Bekannter und äußerst versierter Hacker, für mich erledigt. Ein genialer Typ auf diesem Gebiet."

Nach dieser Aktion verließen wir den Bundesstaat

Delaware und begaben uns nach New York, wo wir kurzzeitig bei einer Freundin Fionas, Claire Coolidge, unterkamen. Diese wohnte in einer umgebauten Etage einer früheren Textilmanufaktur in der Lower East-Side von Manhattan.

Dieser Stadtteil, ursprünglich ein Wohnviertel armer europäischer Einwanderer, hatte sich in den letzten Jahren zu einem angesagten Szene-Bezirk entwickelt. So ist nun mal der Ablauf in einer Metropole wie New York. Erst leben arme Leute in solchen Bezirken auf engstem, aber gerade noch bezahlbarem Raum. Dann folgen Studenten und Künstler und irgendwann kommen Spekulanten, die diese billigen Immobilien aufkaufen, umbauen und an ein wohlhabendes Klientel mit hohem Profit weiterverkaufen. So wird dann aus einem vorher fast Slumartigen Milieu eine begehrte Adresse.

Wir konnten uns hier in der Anonymität der riesigen Stadt gut ablenken und verfolgten dabei täglich ziemlich angespannt den Posteingang des Mail-Accounts mittels Inanspruchnahme wechselnder Internet-Cafés. Dann endlich war es soweit. Wir erhielten eine Mail über den Eingang der erwarteten Summe auf unser Konto in Wilmington.

Banktechnisch ging dann alles seinen geplanten Gang. Der Betrag wurde auf das Konto bei der *Atlantic Offshore Bank* in Belize transferiert und mit diesem Guthaben wurde der Benutzerzugang per Giro- und Kreditkarte für uns freigeschaltet. Wir hatten es geschafft, wir waren finanziell unabhängig.

Das war natürlich ein Grund zum Feiern. Claire kannte im näheren Umkreis ihres Wohnsitzes jede Menge guter Restaurants und Kneipen, in denen man einen solchen Abend angemessen verbringen kann. Gegen authentische italienische Küche, bei ihrem Lieblings-Italiener, dem *Apizz* in der nahen Eldridge Street gab es von unserer Seite keine Einwände. Der Vorschlag für einen Kneipenbesuch danach war dann eine Reminiszenz an meine landsmannschaftliche Herkunft.

„Olaf, speziell für Dich. Lass uns noch auf ein paar Bier oder so in den *Beergarden Loreley* gehen. Gleich hier um die Ecke, in der Rivington Street. Original 'German Gemutlichkeit'. Du wirst es mögen."

Und ich wurde nicht enttäuscht. Wir verbrachten einen äußerst unterhaltsamen Abend in diesem auf Deutsch getrimmten Bierlokal, eine lauschige Oase unter schattigen Bäumen inmitten der Häuserschluchten dieser riesigen Stadt. Unsere kaum zu bändigende gute Stimmung rührte unter anderem auch daher, dass wir alle den schmackhaften deutschen Getränkespezialitäten nachhaltig zusprachen. Besonders ich; denn ich hatte in dieser Hinsicht einen enormen Nachholbedarf.

Nach dieser exzessiven Nacht am Ende eines für uns denkwürdigen Tages mietete Claire für uns unter ihrem Namen ein Ferienhaus auf Long Island, am Strand von Oak Island. Hier wollten Fiona und ich über die Gestaltung der näheren Zukunft in Ruhe nachdenken, zunächst bis zum Zeitpunkt des Ablaufs meiner Wette.

Diese war gerade von der Veranda zurück in die Küche gegangen, um uns neue Getränke zu holen, als ich durch ihr aufgeregtes Rufen aus meinen Gedanken gerissen wurde.

„Komm schnell, das musst Du dir ansehen!"

Ich sprang auf und als ich bei ihr angekommen war, zeigte sie hektisch auf den Fernseher, in dem soeben die Nachrichtensendung eines überregionalen TV-Senders ausgestrahlt wurde. Ich wurde ganz blass vor Aufregung. Auf dem Bildschirm kommentierte eine Reporterin den Brandanschlag auf ein Bürohaus in der Stadt Wilmington, Delaware.

„Das ist doch das Corporation Trust Center in der North Orange Street. Und was da abgefackelt ist, das war mal das Bürohaus von Margate, Delay, Lake & Partner. Mein Gott, hoffentlich ist Travis nichts passiert!"

Den Bericht der Journalistin hatten wir nicht komplett verfolgen können und so standen wir mit den unvollständigen Nachrichtenschnipseln da, in denen von den üblichen Verschwörungstheorien die Rede war. Die Reporterin spekulierte unter anderem über einen Racheakt der Mafia.

„Ich muss Travis erreichen."

Fiona wählte die private Handynummer unseres Anwalts auf einem der nicht registrierten Prepaid-Telefone und sah erleichtert zu mir rüber, als der sich am anderen Ende der Verbindung meldete.

„Travis, Gott sei Dank, dass ich dich erreiche. Was ist bei euch los, bist Du okay? Was ist das für eine Scheiße mit dem Brandanschlag?"

Sie hatte das Telefon auf Mithör-Modus geschaltet und so konnte ich dem Gespräch folgen.

„Mir persönlich ist nichts passiert. Aber die Kanzlei ist komplett zerstört. Da ist nichts mehr zu gebrauchen. Irgendein Schwein hat da alles abgefackelt. Vorher wurde mein Büro total auf den Kopf gestellt. Keine Ahnung, wer dahinter steckt. Zum Glück sind keine Menschen zu Schaden gekommen. Der Wachmann hat das Feuer gerade noch rechtzeitig entdeckt."

Dann ging ihm auf, warum Fiona ihn so eilig angerufen hatte.

„Du glaubst doch nicht etwa, dass die *Believers* dahinterstecken? Die wissen nichts von unserer Verbindung, unmöglich. Und außerdem, wer ist so bescheuert und glaubt, dass ich wichtige Unterlagen einfach so herumzuliegen habe?"

„Nein,nein. Die sind nicht blöde, ganz sicher nicht. Das Ganze hat 'ne andere Bedeutung, glaub es mir, ich kenne Dade. Das ist eine eindeutige Botschaft an uns: *Ich weiß, wo ihr steckt und mit wem ihr zusammenarbeitet.* Nicht zu fassen, dass er uns aufspüren konnte. Der ist noch gefährlicher, als ich vermutet habe."

Die beiden mutmaßten noch eine Weile, über die möglichen Hintergründe des Anschlags und vor allem, wie Big Kirk unsere Spur hatte verfolgen können.

Travis war sich absolut sicher, dass für Außenstehende keine Möglichkeit bestünde, über die Bank an die tatsächlichen Inhaber des anonymisierten Kontos zu gelangen. Die einzige denkbare Schwachstelle

könnte nur im Bereich der amtlichen Registrierungsbe-
hörde liegen, sofern einer der Registerbeamten dort
bestochen worden wäre. Aber auch das war reine Spe-
kulation. Fakt war, dass wir nicht mehr sicher zu sein
schienen. Fiona schaltete sofort auf Abwehr- und
Fluchtmodus.

„Wir müssen hier weg. Wenn die so gute Spürhunde
haben, können die uns auch hier finden. Wäre aber
auch zu schön gewesen, solch ein sorgenfreies Leben
auf Big Kirks Kosten."

Am nächsten Morgen räumten wir unser Ferienhaus
am Strand, hinterließen eine Nachricht an den Vermie-
ter und Fionas Freundin Claire. Es war ausgemacht,
dass ich am 15. September meine Verabredung mit
Gerry wahrnehmen würde und so fuhren wir mit dem
Taxi schon mal näher an Manhattan heran. In Brooklyn
Downtown, unweit der Brooklyn Bridge, die von hier
in den Süden Manhattans führt, mieteten wir für die
folgende Tage ein Zimmer im *nu-hotel* in der Smith
Street.

◆

Der 15. September begann als ein Tag, der für die Verhältnisse in einer solchen gigantischen Stadt wie New York sehr angenehm war. Die spätsommerliche Morgensonne überzog die hoch aufragenden Geschäfts- und Wohnhäuser in den Häuserschluchten Manhattans mit einem warmen, rötlich scheinenden Licht. Vom nahen East River und dem dahinterliegenden Atlantik fächelte eine leichte Brise herüber. Die Turbulenzen der Rush-Hour des morgendlichen Berufsverkehrs waren abgeebbt, als ich mich auf dem Weg zu meiner vermeintlich letzten Verabredung in Amerika begab.

Schon früh am Morgen war ich mit der U-Bahn unter dem East River hindurch nach Manhattan gefahren und machte mich dort auf den Weg von der Metro-Station am Madison Square Garden zum verabredeten Treffpunkte am Broadway, in der Nähe des Time Squares. Von hier aus hatte ich nur noch wenige hundert Meter zu gehen. Ich spürte eine kribbelnde Anspannung in mir aufsteigen.

Das Treffen mit meinem Freund Gerald Volkmann vor dem Hard Rock war für Punkt zehn Uhr angesetzt. Gerry kennt mich als einen ziemlich pedantischen Menschen, der vor allen Dingen in Bezug auf Pünktlichkeit überaus pingelig ist und würde deshalb auch zeitlich exakt zu unserem Treffen erscheinen. Ich hatte bis dahin noch genügend Zeit, um mich gedanklich auf dieses wichtige Ereignis einzustimmen.

Genaugenommen hätte ich jetzt allen Grund zur Freude gehabt. Dieses verrückte Abenteuer, ohne jegliches Geld ein Jahr durch Amerika zu reisen, könnte in wenigen Minuten erfolgreich beendet sein. Nur einfach hingehen und die Wette wäre von mir gewonnen. Schon einen Tag später könnte ich dann zusammen mit meinem alten Kumpel zurück nach Deutschland fliegen. Sehr verlockend.

Aber ich fühlte nicht nur reine Freude in mir aufsteigen. Die zurückliegenden Monate seit meinem Start in Kalifornien hatten mich enorm verändert. Das entbehrungsreiche Leben als Tramp auf den endlosen Straßen des Wilden Westens hatte mich in einen Menschen mit anderer Sichtweise auf die wichtigen Dinge des Lebens verwandelt. Werte wie Freiheit und selbstbestimmte Unabhängigkeit hatten für mich eine vollkommen andere Bedeutung erhalten. In mir ertönte jetzt wieder der alter Ohrwurm aus dem Song Bobby McGee, *Freedom is just another word.......*

Hinzu kam meine veränderte Gefühlswelt. Meine neue Liebe, Fiona, hatte einige neue, für mich traumhaft schöne Saiten in meinen Emotionen zum Schwingen gebracht. Und dann war da noch die dräuende Gefahr einer Verfolgung durch die Believers, die sich möglicherweise bis nach Europa reichen könnte. Ich konnte mich momentan nicht völlig unbefangen auf das lang herbeigesehnte Treffen mit Gerry freuen.

Über eine halbe Stunde vor dem vereinbarten Zeitpunkt saß ich bei einem Kaffee in einem Schnellrestaurant am Broadway, nur ein Haus vom Hard Rock Café entfernt. Durch die seitliche Fensterscheibe hatte ich einen guten Blick auf die Geschehnisse vor diesem. Um zehn Uhr würde das Hard Rock geöffnet werden und allmählich fanden sich jetzt schon die ersten Gäste davor ein. Unter New York-Besuchern ist es immer noch eine angesagte Adresse.

Dann entdeckte ich Gerald unter den wartenden Gästen vor dem Lokal. Meine Nerven vibrierten vor Aufregung. Er war gerade aus einem Taxi gestiegen, sah auf seine Armbanduhr und ging schnurstracks auf den Eingangsbereich zu. Gerry sah aus wie immer, gekleidet in der von ihm bevorzugten Sommermontur: Helle Chino-Hose, leichte Slipper an den Füßen und auf seinem hellblauen Poloshirt meinte ich das Krokodil-Logo einer bekannten Bekleidungsmarke zu erkennen.

In dem Moment, als ich mich erhob, um dort hinzugehen, wurde mein Blick auf zwei Männer gelenkt, die aus einem blauen Mazda stiegen und sich ebenfalls zum Lokaleingang begaben. Und diese beiden Typen waren mir wohl bekannt. Es waren die gleichen Kerle, die wir schon in Florida auf unseren Fersen gehabt hatten. Wie war das möglich?

Ich hatte nur eine Erklärung dafür. Big Kirk hatte sich die Schilderung meiner Reiseabsichten damals in Texas in allen Einzelheiten gemerkt. Ich geriet in Panik. Gerald konnten die zwei nicht kennen, ihm konnte nichts passieren. Wenn sie aber mich zusammen mit ihm stellen würden, wäre auch er in Gefahr. Ich verließ das Café und begab mich eiligen Schrittes in nördliche Richtung. In der Nähe des Columbus Circles kam ich etwas zur Ruhe und verfasste eine schriftliche Nachricht an Gerald, ein Handy hatte ich nicht zur Hand. Ich musste ihm mitteilen, dass es mir gut ginge und ich wie verabredet am Treffpunkt erschienen war. Ich deutete an, dass gravierende Veränderungen in meinem Leben mich letztendlich von dem Zusammentreffen abgehalten hatte. Genauere Erklärungen würden später folgen. Um den Gewinn des Wetteinsatzes ging es mir im Moment überhaupt nicht. Ich wusste, er würde mir glauben, beschrieb aber zusätzlich noch ihn anhand seiner Kleidung beim Aussteigen aus dem Taxi vor dem Hard Rock Café, 1055 Broadway, N.Y. um exakt 09.55 Uhr.

Ich nahm mir ein Taxi, das mich zum City-Büro der Lufthansa brachte. Wie ich weiß, ist Gerry Teilnehmer am Vielfliegerprogramm dieser Gesellschaft und ich war absolut sicher, dass aus diesem Grunde keine andere Fluglinie für ihn infrage kommen würde. Es kostete mich einige Mühe, die Angestellte der Airline dazu zu bringen, meinen Briefumschlag am Abflugschalter des JFK-International hinterlegen zu lassen und dem Gast Gerald Volkmann bei dessen Einchecken auszuhändigen. Dann fuhr ich weiter zu unserem Hotel nach Brooklyn.

Fiona sah mich erstaunt an, als ich das Zimmer betrat. Sie war noch nicht einmal mit allen morgendlichen Verrichtungen fertig und lackierte gerade ihre Fußnägel. An meinem Gesichtsausdruck hatte sie sofort erkannt, dass etwas schiefgelaufen war.

„Du bist so früh zurück. Ist dein Freund nicht erschienen?"

„Viel schlimmer. Er war da. Aber es waren auch noch zwei andere da. Die beiden Typen aus Tampa. Erinnerst Du dich?"

„Worauf du dich verlassen kannst. Aber wie kann das denn sein?"

Ich schilderte ihr den genauen Ablauf des geplanten Treffens und meine Vermutungen. Fiona war dann auch davon überzeugt, dass es eigentlich nur so sein könne.

„Jetzt gibt es nur noch eine Möglichkeit für uns. Wir müssen hier endgültig von der Bildfläche verschwinden. Und zwar für immer. Olaf, wir brauchen neue Identitäten. Diese Gangster sind zu mächtig und zu einflussreich. Wenn wir nicht etwas ganz Gravierendes ändern, haben die uns über kurz oder lang am Wickel. Das alles fühlt sich im Moment gar nicht gut an."

Diese Art von Zukunftsaussicht mochte ich gar nicht und schlug ihr etwas anderes vor.

„Und was wäre, wenn du die Unterlagen an die Polizei übergibst. Dann haben sie Big Kirk doch sofort am Wickel."

„Hab ich auch schon überlegt. Aber wir wären auch dann nicht in Sicherheit. Selbst wenn Dade verurteilt werden würde, wären da immer noch genug seiner

Leute, die uns erbarmungslos jagen würde. Außerdem, die Dateien sind illegal beschafft worden, vergiss das nicht. Selbst wenn deren Echtheit festgestellt werden würde, in den USA kann so etwas vor Gericht nicht verwendet werden. Nein, nein, wir müssen uns in andere Personen verwandeln."

„Und wie soll so was, bitte schön, gehen?"

Fiona musste nur kurz nachdenken, um eine Lösungsmöglichkeiten zu erarbeiten. Ihr Gehirn schien in Konfliktsituationen extrem zügig und zielorientiert zu funktionieren.

„Zu allererst, wir müssen raus hier. Nicht nur aus New York, nein, wir müssen die USA verlassen und auf verdecktem Wege könnten wir dann als andere Personen wieder einreisen. Sofern uns das dann überhaupt noch sinnvoll erscheinen sollte."

Ich war nun völlig neben der Spur. Ich hatte in dem zurückliegenden Jahr schon zu viele Situationswechsel durchleben müssen. Und jetzt noch so etwas, als völlig andere Person und das womöglich noch in einem fremden Land. Ich hatte gerade erst angefangen, hier heimisch zu werden. Diese neue Aussicht überforderte mich total.

„Wo soll denn solch eine Aktion stattfinden. Ich kann dir im Moment gedanklich nicht folgen. Sorry, aber das übersteigt mein Begriffsvermögen."

Sie kam dicht an mich heran, strich mir zärtlich mit dem Rücken ihrer rechten Hand über die Wange und sah mich dabei lächelnd an. Neben der Zärtlichkeit meinte ich in ihrem Blick noch etwas anderes feststellen zu können, ein leichtes Flackern, ein Leuchten in ihren Augen, das mir signalisierte, meine Geliebte kann eine gewisse Freude an solch extravaganten Abenteuern nicht verbergen.

„Wir müssen zunächst zu meiner Mutter nach South Carolina, nach Charleston. Die ist die einzige, die mir zu einer Kontaktaufnahme mit meinem Vater verhelfen kann. Dem traue ich zu, die notwendigen Maßnahmen für einen Identifikationswechsel zu kennen. Das Problem, ich weiß nicht genau, wo er zur Zeit lebt. Irgendwo in Mexiko, nach meiner letzten Kenntnis."

Fionas Art, mir manche wichtigen Dinge des Lebens verständlich zu erklären, beruhigte mich ungemein. Ich lauschte ihrer Erzählung und erhielt dabei einen Einblick in die Verhältnisse ihres früheren Familienlebens, von dem ich bis dato so gut wie nichts gewusst hatte. Ihr Vater, Vince Tulane, verließ seine Familie, Ehefrau Paola und die einzige Tochter, Fiona, als das Mädchen gerade vierzehn Jahre alt war. Für diese brach eine Welt zusammen, als ihr geliebter Daddy irgendwann nicht mehr für sie verfügbar war. Ihre Trauer und die ungeheure Enttäuschung konnte sie bis in ihr erwachsenes Leben hinein nicht komplett ausblenden. Die Erklärungsversuche ihrer Mutter halfen ihr in jungen Jahren überhaupt nicht weiter. Die Gefühlskatastrophen erwachsener Menschen konnte und wollte sie nicht verstehen. Dass ihre Mutter den charmanten Ehemann und liebevollen Vater wegen seiner unzähligen Affären nicht mehr hatte ertragen können, verstand sie erst sehr viel später. Ihre Mutter konnte das bisherige Leben so nicht mehr weiterführen und hatte ihre große Liebe schweren Herzens vor die Tür gesetzt. Nach vielen vorangegangenen ähnlichen Ereignissen, diesmal endgültig. Vince Tulane, sein Leben lang ein großer Charmeur und für ein monogames Dasein total ungeeignet, zog daraufhin mit seiner damaligen Geliebten, der jungen Mexikanerin Pocita Mendez, in deren Heimat Mexiko. Über sein weiteres Leben drangen nur sporadisch kurze Informationen zu seiner früheren Familie durch, anlässlich der wenigen Kontakte mit Fionas Tante Carla, der Schwester ihres Vaters. Paola Tulane musste etwas mehr über den Verbleib ihres Ex-Mannes wissen, als ihre Tochter. Darauf wollte Fiona nun zurückgreifen.

„Ich ruf meine Mutter an. Die wird sich sehr über unseren Besuch freuen."

Das Telefongespräch, dem ich per Freisprechanlage gut folgen konnte, nahm zunächst einen Verlauf, wie man ihn zwischen Mutter und Tochter anlässlich eines angekündigten Besuches erwartet hatte. Ganz am Rande, ging es dann auch um meine Person.

„Er wird dir gefallen, Mama. Wir passen gut zueinander. Und bei deinem Faible für Europäer?"

Die Antwort Fionas Mutter klang auf angenehme Art überrascht, sodass ich wohl keine Befürchtung für das erste Kennenlernen mit ihr zu haben brauchte. Es folgten noch einige wenige Sätze Small-Talk zwischen Mutter und Tochter. Als diese sich nach Freunden und Nachbarn erkundigte spürte ich in Fionas Stimme eine Veränderung. Ihre Mutter erzählte ihr eine vermeintlich belanglose Begebenheit über ein befreundetes Ehepaar in ihrer Nachbarschaft.

„Du sagtest zwei Männer in einem blauen Auto mit Florida-Kennzeichen, direkt vor Gregs und Bettys Haustür? Standen die lange da, oder waren die bei den Roubies zu Besuch? Nein, nein, keine Sorge. Ist wohl alles ok, wenn sie wieder weg sind."

Nachdem sie das Gespräch beendet hatten, wurde uns klar, dass keineswegs alles ok war. Der blaue Mazda mit Florida-Zulassung konnte kein Zufall sein. Und dann noch diese beiden Typen. Ich bemerkte, wie es in Fiona arbeitete.

„Dieses Schwein. Das ist nach dem Brandanschlag die zweite Botschaft an uns. Dade schreckt nicht davor zurück, meine Familie da mit reinzuziehen. Das wird diesem Drecksack teuer zu stehen kommen. Los komm."

Wir gingen in ein Cyber-Café in der Nähe des Hotels. Auf dem Weg dorthin erläuterte mir Fiona, was sie als nächstes vor hatte. Es würde eine weitere E-Mail an Kirk Dade geben. Die Datei, die mit dieser versendet werden würde war von solcher Brisanz, dass mir die weiteren zehn Millionen Dollar, die verlangt werden würden, nicht utopisch erschienen.

Ich erfuhr, was diese Bilddatei enthält und wie sie an diese gekommen war. Das rein Technische interessierte mich nicht so sehr, aber der Inhalt! Es waren etwas wackelige, aber gut erkennbare Digitalaufnahmen, die Kirk Dade zeigten wie er mit einer Pistole auf einen vor ihm stehenden Mann zielte und auf diesen schoss. Die kreisrunde, kaum blutende Einschussstelle auf der Stirn war sehr deutlich zu sehen, ebenso wie Big Kirk, als der sich, noch mit der Waffe in der Hand, über den toten Jerome Rampart beugte.

„Das musst Du mir aber näher erklären. Ich kann nicht glauben, was ich da gerade gesehen habe."

Fiona kam nun mit ihrem ganzen Wissen über die Machenschaften der SOB heraus. In dem Zusammenhang erfuhr ich auch über die Verbindung des privaten Ermittlers Rampart zu Fionas Vorgängerin in der Sekte, Ronda Vaughn.

„Okay. Jetzt, da mein letzter und wichtigster Trumpf ausgespielt wird, sollst Du alles wissen. Ronda ist, oder vielleicht müsste ich heute ich bedauerlicherweise vielleicht sagen war, eine gute Freundin von mir aus alten Uni-Zeiten in Raleigh. Sie trat ihren IT-Job bei den *Believers* zwei Jahre vor mir dort an. Ronda ist ein absolutes Informatik-Ass und begabte Hackerin und war aus lauter Neugier auf Kirks private Geheimdateien gestoßen. Als sie mir davon berichtete war ich zunächst sehr erschrocken; denn Typen wie Dade würden solch eine Schnüffelei extrem hart bestrafen, sofern sie davon erfahren sollten."

„Und was was wollte sie mit all den Informationen anfangen?"

„Na was wohl? Das gleiche, was wir jetzt aus anderen Motiven tun: Big Kirk um eine nennenswerte Summe erleichtern. Mit dem Unterschied, dass meine Freundin Ronda in solchen Dingen keinerlei Hemmungen hat. Sie ging sehr weit. So weit, dass sie sich auf ein intimes Verhältnis mit Dade einließ."

Nun erfuhr ich die Einzelheiten zur Vorgeschichte des Leichenfunds in Galveston, wo ich bei der Rettung von Dades Tochter den toten Rampart in den Trümmern des Hauses mit entdeckt hatte. Das durch das Unwetter zerstörte Haus in der texanischen Kleinstadt in der Nähe Houstons war vor der Wetterkatastrophe eine Art Wellness-Club der Freikirche gewesen. Hier entspannten sich die höheren Chargen der Sekte nach ihren Veranstaltungen im etwas intimeren Rahmen. Ronda hatte ihren Freund, den Privatdetektiv Jerome Rampart in die Verwertung ihres Datenmaterials eingebunden. Sie hatte ihm kompromittierendes Bildmaterial aus dem Privatleben Kirk Dades übergeben. In ihrer Rolle als Intim-Gefährtin Big Kirks besaß sie nicht nur Bilder bizarren erotischen Inhalts, sondern auch authentische Dokumente über seine Verbindung zu rechts-extremen Organisationen in den USA. Beides wäre bei einer Veröffentlichung ein Desaster für die gesamte Organisation gewesen: der moralisierende Führer einer großen Religionsgemeinschaft als Sex-Monster mit rechtsextremen Hintergrund. Dieses Material sollte nun gegen Bezahlung an Dade übergeben werden. Für einen Mann seines Kalibers war ein Erpressungsversuch allerdings völlig undenkbar. Er erschoss den Detektiv ohne zu zögern, als dieser ihn zur Bildübergabe traf.. Dass dieses Treffen von Ronda Vaughn heimlich gefilmt worden war, ahnte er nicht. Ronda war völlig geschockt von der brutalen Vorgehensweise Dades. Es gelang ihr jedoch, das Haus unbemerkt wieder zu verlassen und in ihrer Panik schickte sie die Bild- und Videodateien an Fiona, die diese gut bewahrt und erst jetzt für unsere Zwecke aktiviert hat. Bis heute hat sie keinerlei Kenntnis über den Verbleib ihrer Freundin. Inzwischen rechnete sie mit dem Schlimmsten.

„Und was hatte Kirks Tochter, Judy, damit zu tun? Mit der fing ja die Geschichte für mich an, als ich sie da aus den Trümmern holte."

„So weit ich weiß, gar nichts. Die hielt sich nur zufällig in dem Gebäude auf, als dieses kurz darauf vom Unwetter in Trümmer gelegt wurde."

„So langsam begreife ich, dass wir nicht sicherer leben, wenn wir das Material der Polizei übergeben. Zu allem Unglück habe ich die ja auch noch im Nacken."

„Ich will nicht unken, aber das wäre noch das geringere Problem. Sobald wir aus der Deckung kommen legen uns Dade oder seine Konsorten um. Es gibt nur eine Möglichkeit, wir müssen in andere Personen schlüpfen, und das aber möglichst perfekt."

Am nächsten Tag machten wir uns auf den Weg nach Charleston in South Carolina, wo Fionas Mutter lebt.

◆

Die mittlere Atlantikküste der USA hatte sich inzwischen zu einer Art Dauer-Rennstrecke für mich entwickelt. Nach meinem ursprünglichen Plan wäre ich hier lediglich einmal auf dem Weg von Florida nach New York durchgekommen. Nun reiste ich also zum wiederholten Mal hier durch, dieses Mal die Küste runter in südlicher Richtung.

Es waren knapp achthundert Meilen zu bewältigten, die wir in einer Übernachtfahrt in einem komfortablen Fernreisebus hinter uns brachten und kamen an einem strahlenden Septembermorgen einigermaßen ausgeruht in Charleston, im Bundesstaat South Carolina, an. Sofort nach Verlassen der Busstation schien ein Ruck durch Fiona zu gehen. Mit einem entspannten Lächeln auf dem Gesicht trat sie auf die um diese Zeit schon gut belebte Dorchester Road im nördlichen Bereich der Altstadt Charlestons.

„Endlich wieder zu Hause, tolles Gefühl."

Fiona versprühte gute Laune ohne Ende als wir bei unserem Morgenkaffee in einem äthiopischen Café in der Nähe des Busbahnhofs saßen. Hier wurde ihrer Meinung nach der beste Kaffee der gesamten Region ausgeschenkt. Der aromatische Kaffeeduft in der behaglichen Atmosphäre des gemütlichen Gasthauses rundete unser morgendliches Wohlbehagen perfekt ab. Die zum Frühstück gereichte afrikanische Kaffeespezialität belebte uns an diesem herrlichen Morgen und meine Partnerin war in ihrer wohlgelaunten Beredsamkeit kaum zu stoppen. Es gab ja auch eine Menge an Fakten über ihre Heimat sowie die Lebensumstände ihrer Mutter zu berichten, die in Kürze auch für mich von Bedeutung sein würden.

Beide waren wir uns einig, ihrer Mutter den eigentlichen Hintergrund unseres Besuches nicht zu nennen. Allein das geplante Abtauchen in eine neue Identität erschien uns schon heikel genug. Paola Tulane jetzt damit zu belasten und dadurch möglicherweise tiefe Ängste in ihr auszulösen, wollten wir vermeiden. Wir würden zunächst eine unaufschiebbare Reise andeuten, oder ein ähnliches Vorhaben.

Nach der Kaffee-Zeremonie machten wir uns auf den Weg zu Paola Tulanes Blumenladen, *Flower & Blossom,* in der nur wenige Fußminuten entfernten Elizabeth Street, wo wir mit Fionas Mutter verabredet waren. Von dort aus sollte es dann später zu ihrem Wohnsitz gehen, zu ihrem Haus in einem der Vororte Charlestons, in Mount Pleasant, am gegenüberliegenden Ufer des Cooper River gelegen.

Für mich war es das erste Mal, dass ich mich in der Originalkulisse einer Stadt des traditionsreichen Südens der USA bewegte. Charleston, einer der traditionsreichsten Städte an der Ostküste, versprüht in seiner Altstadt einen unwiderstehlichen Charme durch ein geballtes Ensemble sorgfältig restaurierter Gebäude im sogenannten Antebellum-Stil, typisch für Zeit vor dem amerikanischen Bürgerkrieg. Dieses bis in die heutige Zeit bedeutsame Ereignis, hatte durch den Beschuss des der Hafeneinfahrt vorgelagerten Fort Sumpters seinen Anfang genommen. Aus jener Zeit waren in der Stadt keinerlei baulichen Kriegsschäden mehr festzustellen, die Altstadt war komplett im damaligen Originalzustand wiederhergestellt worden. Wir spazierten durch eine Szenerie wie aus dem Film-Epos *Vom Winde verweht*. Und es hätte mich nicht gewundert, wenn hier urplötzlich Scarlett O'Hara um die Ecke gekommen wäre. Dieses Ambiente ließ ich intensiv auf mich einwirken und erfuhr gleichzeitig Wissenswertes über die Region und diese geschichtsträchtige Stadt. Fiona verstand es, mich mit interessanten Informationen zu versorgen ohne ihre Ausführungen mit überflüssigen Einzelheiten zu überfrachten.

Der Blumenladen Paola Tulanes, den wir im Anschluss an einen kurzen Altstadt-Rundgang ansteuerten, erwies sich als ein geschmackvoll eingerichtetes Ladengeschäft mit einem kleinen Innenhof, der malerisch in die Kulisse der ihn umgebenden historischen Gebäude eingebettet lag.

Welch eine Begrüßung! Fiona wurde förmlich von der Umarmung ihrer Mutter erdrückt. Sie beide strahlten nur so vor Wiedersehensfreude und kamen kaum damit nach, sich die Freudentränen aus den Augen zu wischen. Dann war ich an der Reihe. Ich hatte natürlich vorab eine Schilderung der Person ihrer Mutter erhalten, war aber doch überrascht von der attraktiven

Erscheinung der überhaupt nicht alt wirkenden Frau, die da strahlend auf mich zukam. Eine für das Alter von knapp sechzig Jahren verblüffend jugendlich wirkende Südstaaten-Lady begrüßte mich auf das Herzlichste. Auf den ersten Blick konnte ich bei dieser schönen Frau keine Ähnlichkeit mit ihrer Tochter feststellen. Paola war im Gegensatz zu Fiona dunkelblond und zusammen mit ihren blauen Augen ein eher nordischer Typ. Fiona hingegen, mit ihrem auf mich so anziehend wirkenden südländischem Äußeren, musste wohl mehr nach ihrem Vater geraten sein, ihrer früheren Beschreibung nach ein Beau franko-kanadischer Cajun-Abstammung.

„Freut mich sehr, dich kennenzulernen, mein Lieber. Kommt selten genug vor, dass mich meine Tochter in ihr Liebesleben blicken lässt. Und dann noch aus Europa. Mal was ganz anderes als unsere Südstaaten-Gockel. Ich hoffe, Dir gefällt es hier."

Mutter und Tochter pflegten einen erkennbar humorvollen Umgangsstil miteinander und auch ich wurde in gleicher Weise sofort in die lebhafte Unterhaltung mit einbezogen. Und die Freude der Mutter wurde noch gesteigert, als sie von meinem Beruf erfuhr. Allein die Tatsache, einen Fachmann für Garten und Blumen vor sich zu haben, erfreute sie sehr und brachte mir einen zusätzlichen Sympathiebonus ein. Die Zeit bis zur gemeinsamen Abfahrt nach Mount Pleasant verging wie im Fluge.

Wir brauchten mit dem Auto knapp fünfzehn Minuten in diese beliebte Wohngegend, die sich direkt an das Nordende der Cooper River Bridge anschließt und sich dann bis zur Flussmündung hinzieht. Von hier hat man eine fantastische Aussicht auf die Mündung von Cooper und Ashley River, die den zum Atlantik gerichteten Hafen Charlestons bilden. Zwischen den dort liegenden kleinen Inseln sticht die Silhouette des historischen Fort Sumpters markant hervor. Jetzt, von der Nachmittagssonne angestrahlt, säumten die nass glänzenden Feuchtgebiete des Marschlandes wie ein silbernes Band den flachen Küstenstreifen zwischen Atlantikstrand und dem dazugehörigen hügellosen Hinterland.

Paolas Häuschen, im Stil des amerikanischen Südens überwiegend aus hellem Holz gebaut, lag in direkter Nachbarschaft zur kleinen weißen Holzkirche der presbyterianischen Gemeinde in der verkehrsberuhigten Venning Street. Eine typische amerikanische Mittelstands-Idylle tat sich hier auf. Durch den das Grundstück begrenzenden dichten Buschbewuchs führte ein schmaler Kiesweg in den gepflegten Vorgarten und weiter zur Veranda. Das Laub der dicht wuchernden Sträucher der Indianer-Banane verfärbte sich jetzt im Frühherbst zu einer farbenfrohen Einheit aus Grün, Gelb- und Rottönen.

„Toll, wie sich hier die Farben des dreilappigen Palaus herausbilden. Bei uns in Nordeuropa zeigt sich das nicht annähernd so strahlend."

Ich hatte ganz spontan auf den Anblick dieser attraktiven Büsche reagiert, die aus größerer Entfernung wie eine changierende, farbige Wand das Grundstück zur Straße abschirmten. Keineswegs wollte ich dabei mit meinem Fachwissen glänzen. Fionas Mutter sprang aber sofort voller Begeisterung auf dieses Thema auf.

„Donnerwetter, meine Schmucksträucher, die nennt sonst kaum jemand beim richtigen Namen. Na klar, aber Du als Fachmann. Die meisten sagen einfach nur Paw-Paw dazu. Für mich sind sie einfach nur schön und dabei auch noch sehr nützlich. Nicht nur als Sichtschutz. Auch ideal zur Insektenabwehr. Und dann die Früchte, sehr lecker und außerordentlich gesund."

Ein belustigter Seitenblick Fionas bewirkte, dass das botanische Fachgespräch nicht ausuferte und wir gingen weiter ins Haus.

Im Wohnbereich Paolas Hauses fühlte ich mich von Anfang an wohl. Eine Kombination von alten Möbeln und modernen Einrichtungsgegenständen waren perfekt aufeinander abgestimmt, aber alles so, dass die Wohnlichkeit zum Benutzen einlud und nicht durch ein museales Zurschaustellen beeinträchtigt wurde. Ein kleiner Rundgang durch das Anwesen und schon bald fanden wir uns in der Pantry-Küche bei einer Tasse Kaffee in ein Gespräch vertieft wieder.

Verständlicherweise berichteten Mutter und Tochter zunächst ausführlich über zwischenzeitlich Erlebtes, bevor ich an der Reihe war und in groben Zügen den Grund und den Verlauf meiner Reise hier im Lande zum Besten gab, gespickt von einigen lustigen Anekdoten, die Beiden mehrfach Grund zur Erheiterung boten. Natürlich handelte es sich beim letzten, gemeinsamen Teil dieser irren Reise um eine geschönte Version; denn Fiona und und ich hatten vorher vereinbart, die Geschehnisse um die Kirk Dade und Genossen komplett auszusparen. Paola erwies sich als aufmerksame Zuhörerin, deren launige Kommentare meinen Bericht abrundeten.

„Olaf, ich hoffe, ihr bleibt noch eine Weile hier in Pleasant."

Sie zeigte dabei auf ihre Tochter.

„Ich hab dieses abenteuerlustige Kind lange nicht mehr gesehen. Und an Dich, mein Lieber, habe ich noch jede Menge Fragen zu Pflanzen und Garten. Blumen zu verkaufen ist eine Sache. Aber in Bezug auf florales Fachwissen bin ich wissbegierig ohne Ende. Du wirst froh, hier wieder raus zu kommen."

Sie lachte mich dabei auf ihre charmante Art an.

„Ach, da habe ich keine Angst vor. Mein Beruf bedeutet mir mehr als nur reiner Broterwerb. Ich bin da absolut belastbar. Und in letzter Zeit wurde ich in meinem Fachgebiet kaum gefordert. Also, keine Scheu, immer nur rein in die Botanik."

Und so genossen Fiona und ich in diesen Tagen eine Zeit unbeschwerter Zweisamkeit in ihrer Heimat. Sie zeigte mir das Leben hier im tiefen Süden der USA auf eine Art, an der ich erkennen konnte, wie sehr sie doch noch mit dem Ursprung ihrer Herkunft verwurzelt war. Ich als Tourist hätte Charleston und Umgebung nie so eindrucksvoll kennengelernt. Die Zeit verging wie Fluge und uns beiden tat es unendlich gut, die bedrohlichen Schatten der *Believers* zu verdrängen.

An manchen Tagen, an denen Fiona allein unterwegs war, um frühere Bekannte aufzusuchen, war ich voll damit beschäftigt, ihrer Mutter im Blumenladen oder im Garten zur Hand zur gehen. Es bereitete uns beiden großes Vergnügen.

Aber die Umstände unserer Flucht holten uns dann irgendwann doch wieder ein. Wir hatten ja bereits beschlossen, unsere Identitäten zu wechseln, um in einer anderen Existenz unerreichbar für Dade und Co. zu werden. Da wir beide keine Erfahrung mit Passfälschen oder ähnlichen Dingen hatten, kam Fiona auf die ihrer Meinung einzige Möglichkeit, an Dokumente für ein anderes Leben zu kommen. Dazu wollte sie die Hilfe ihres Vaters in Anspruch nehmen, dem sie solches Wissen und vor allen Dingen die dazu notwendigen Verbindungen zutraute, zu dem sie aber seit vielen Jahren keinen Kontakt mehr gehabt hatte. Ihr Vater lebte immer noch in Mexiko. Eine Kontaktaufnahme zu diesem über ihre Mutter schien nach ersten zaghaften Versuchen ausgeschlossen. Paola Tulane vermied uns gegenüber das Thema Ex-Mann mit Vehemenz und das Wenige, das sie über diesen wusste, stammte aus den Erzählungen ihrer Schwägerin Carla, die in unregelmäßigen Abständen Kontakt zu ihrem Bruder Vince unterhielt.

Carla lebte nach ihrer Scheidung mit ihren beiden Kindern in Beaufort, einer Kleinstadt am Port Royal Sound, eine gute Autostunde südwestlich von Charleston entfernt.

„Ach, da fährst Du alleine hin? Wie auch immer,

Carla wird sich sehr freuen, dich wiederzusehen. Du kannst mir ein paar von ihren weißen Oleander-Stecklinge mitbringen. Sie weiß schon welche."

Paola Tulane war zwar etwas überrascht von dem scheinbar spontanen Solo-Kurztrip nach Beaufort, aber letztlich freute sie sich über die zusätzliche, gemeinsame Zeit mit mir, um so ihren Garten weiter umzugestalten.

Als Fiona zwei Tage später wieder nach Charleston zurückgekehrt war, besprachen wir unsere weitere Pläne. Sie hatte von ihrer Tante die letzte ihr bekannte Adresse ihres Vaters in Mexiko erhalten: 12, Calle Angel Flores, Matzatlán, c/o Rebecca und George Selleck. Mehr wusste Carla auch nicht, nur dass diese Stadt an der mexikanischen Pazifikküste liegt. Wir waren sicher, dass wir das schon finden würden und legten unsere Abfahrt hier aus Charleston für den Donnerstag der kommenden Woche fest, sodass wir noch fast eine Woche hier mit ihrer Mutter verbringen konnten. Der erzählten wir von einer Reise nach New York, wo angeblich ein Treffen mit einem alten Freund aus Deutschland stattfinden sollte. Paola war zunächst etwas betrübt über unsere geplante Abreise, aber andererseits war ihr durchaus klar gewesen, dass wir nicht vorgehabt hatten, so ganz lange bei ihr zu bleiben. Von einen Abschied für eine möglicherweise sehr lange Zeit, ahnte sie nichts. Uns Beiden war ziemlich unwohl dabei, Fionas Mutter anlügen zu müssen, aber wir wollten sie nicht in das Dunstfeld der gefährlichen Sekten-Brüder hineinziehen.

Den letzten Sonntag, den wir hier der Gegend verbrachten, wollten Fiona und ihre Mutter nutzen, um Verwandte etwas außerhalb der Stadt zu besuchen. Fiona hatte dort als Kind öfter einen Teil ihrer Schulferien verbracht und freute sich auf die alten Leute. Mir erschien dieser Familienausflug nicht so attraktiv und so plante ich, einen Tag solo hier in der Stadt zu verbringen. Meiner Freundin waren einige meiner bevorzugten Freizeitaktivitäten bestens bekannt.

„Ja, klar. Das solltest Du hier unbedingt noch einmal machen. Wie wärs? Sport und Kneipe. Auch mal wieder nett, so ganz ohne Anhang, oder? Die *City Lions,* die haben jetzt Sonntag ein Heimspiel gegen Atlanta. Und Basketball, das interessiert dich doch auch."

Das klang verlockend für mich und Basketball ist diejenige amerikanische Sportart, von der ich etwas verstand. Und so vereinbarten wir, dass wir uns nach Spielende und nach Rückkehr von ihrem Ausflug in der Sports-Bar *Smokey Bones*, einer beliebten Kneipe in der River Avenue, treffen wollten.

Dazu sollte es aber nicht mehr kommen.

◆

Um mich herum war alles weiß. So weiß, dass mir die Augen beim Betrachten meiner Umgebung schmerzten. Eine komplett mit Schnee bedeckte Winterlandschaft würde den Augen mehr Abwechslung bieten. Hier in dem Raum aber, in dem ich mich unerklärlicherweise befand, wurden die glatten, extrem hellen Flächen der Zimmerdecke und der Wände durch keine abweichende Struktur unterbrochen. Ein kaltes, aus weißen Leuchtstoffröhren von der Decke scheinendes Licht leuchtete den Raum bis in den letzten Winkel aus. Außer der Pritsche, auf der ich voll bekleidet lag, gab es keinen weiteren Einrichtungsgegenstand in dem Zimmer. Meine Augen suchten vergeblich nach Tür- oder Fensterritzen. Nichts von alledem war erkennbar. Folterkammer, schoss es mir durch den Kopf. Was sollte das hier, und vor allen Dingen, wie wie war ich hier hergekommen und wie hatte ich hier nur schlafen können?

Allmählich verzogen sich die Nebel in meinem Gehirn und es kehrten Erinnerungsfetzen wieder. Das Basketball-Match in Charleston. Die City Lions hatten in einem spannenden Spiel knapp gegen die Atlanta Aliens verloren. Dann der Weg im Gedränge mit den übrigen Zuschauer auf die Straße hinaus, um in ein vor mir anhaltendes Taxi zu steigen. Danach war Schluss mit meinen Erinnerungen; von da ab Filmriss, absolutes Schwarzlicht im Gehirn. Neben den pochenden Kopfschmerzen verspürte ich nun andere Befindlichkeitsstörungen, einen stechenden Durst und einen fast nicht mehr zu kontrollierenden Harndrang. Ich erhob mich von der Liege und schwankte zur gegenüberliegenden Wand, die ich mit zittrigen Fingern nach einem Spalt oder ähnlichem absuchte. Und da war tatsächlich etwas. Ein feiner, kaum zu erkennender Türspalt zog sich senkrecht von der Decke zum Boden des Zimmers. Ich hatte gerade angefangen, diesen zu befingern als sich eine Schiebetür lautlos öffnete und ich zwei mir völlig unbekannte Männer vor mir sah.

„Alles in Ordnung mit Ihnen?"

Auf diese überflüssige Frage konnte ich nur verkniffen antworten, dass gar nichts in Ordnung wäre und ich erst einmal dringend pinkeln müsste und dann anschließend etwas zu trinken benötigte.

Sie führten mich den Flur entlang zur Toilette und anschließend wurde ich zurück in mein Verlies gebracht, wo mir eine Plastikflasche mit Mineralwasser und ein Teller mit sechs Haferkeksen gereicht wurde. Es gab für mich nur eine Erklärung dafür, wer mich hier eingesperrt haben könnte die: *Believers*. Wie die mich allerdings in Charleston aufgespürt haben konnten, vermochte ich mir beim besten Willen nicht erklären. Wir hatten doch größtmögliche Vorsicht in allen unseren Aktionen walten lassen., wobei ich Fiona mit ihren vielen Täuschungsmanövern mitunter sogar eine beginnende Paranoia unterstellt hatte. Und dann dieses hier. Ein furchtbarer Gedanke, diesem finsteren Verein überall so gnadenlos ausgeliefert zu sein.

Etwa eine Stunde später öffnete sich die Tür erneut und die beiden Typen von vorher führten mich den Gang entlang durch eine schwere Eisentür in einen anderen Trakt des Gebäudes. Und hier realisierte ich, wo ich mich befand. Es war unverkennbar die Zentrale der S.O.B. in Tampa, in der ich vorher ja einige Monate verbracht hatte. Zwar nicht exakt in diesem Teil des Hauses, aber der typische Einrichtungsstil mit großformatigen Spruch-Postern an den Wänden des Korridors, ließ keine andere Deutung zu. Der Raum, in den ich dann geführt wurde bestätigte meine Annahme nochmals; denn hier hing, wie in fast allen Räumen der S.O.B.-Zentrale, ein bombastisches Porträt des großen Meisters, Kirk Dade, an der Wand.

Und dieser betrat dann auch bald darauf das Zimmer. Eine von mir befürchtete, verletzende Ansprache verkniff er sich erstaunlicherweise. Das, was er mir hier zu sagen hatte, kam ziemlich neutral, fast emotionslos rüber.

„O-laaf, gut Dich wieder hier zu haben. Ich denke, wir haben einiges zu klären und ohne diese falsche Schlange Tulane, werden wir bestimmt zu einem einvernehmlichen Ergebnis kommen."

Er entnahm einer Sichthülle ein eng beschriebenes Schriftstück und legte es mir vor.

„Lies es in Ruhe durch und dann brauchst Du es

nur noch zu unterschreiben. Unten links. Neben dem Siegel des Notars."

Ich las dieses Pamphlet durch und war mächtig überrascht, über das, was ich da per Unterschrift bestätigen sollte. Es ging um eine eidesstattliche Erklärung, dass ich gemeinsam mit Fiona Tulane, Dokumente gestohlen, gefälscht und zu einem Erspressungsversuch verwendet hätte. Der Schrieb war mit Ort und Datum versehen, Baltimore, exakt zu dem Zeitpunkt, an dem wir uns dort aufgehalten hatten. Das schon vorhandene Beurkundungssiegel stammte von einem in der amtlichen Rolle des Gerichtsbezirks Baltimore eingetragenen Notar. Mit meiner Unterschrift würde ich ein juristisch unanfechtbares Dokument anlegen. Absolut schleierhaft, wie Dade über unseren damaligen Aufenthalt dort Bescheid wusste, und dann war da auch noch meine Entführung in Charleston.

„Das ist doch nicht dein Ernst, dass ich solch einen Unfug unterschreibe, Kirk. Das bringt mich glatt in den Knast."

„Wenn Du nicht unterschreibst, bringst das dich noch ganz woanders hin, mein Lieber. Du scheinst dir immer noch nicht im Klaren darüber zu sein, mit wem Du dich hier anlegst."

Sein Ton war um einiges schärfer geworden. Mit einer unwirschen Handbewegung wies er seine Schergen an, mich aus dem Zimmer zu bringen. Sie führten mich in jenen albtraumhaften weißen Raum zurück. Wie lange ich dort verbracht habe, konnte ich nicht abschätzen. Meine Uhr hatten sie mir abgenommen und ohne einen Anhalt zum konkreten Zeitablauf war es mir unmöglich, ein Gefühl dafür zu entwickeln. Noch nie in meinem Leben hatte ich klaustrophobische Anwandlungen erleben müssen. Hier aber, in solch einer zermarternden Isolation, durchlitt ich mehrere schlimme Panikattacken, die durch den permanenten Schlafentzug noch verstärkt wurden.

Irgendwann wurde ich aus dieser deprimierenden Situation erlöst. Sie führten mich wieder in das Besprechungszimmer, wo Big Kirk bereits auf mich wartete, mit dem mir wohl bekannten Schriftstück auf seinem Schreibtisch. Mit seiner rechten Hand tippte er eine Rufnummer in sein Smartphone. Da der Lautsprechermodus nicht aktiviert war, konnte ich nur seinen Part des Gesprächs mithören. Es war mir aber schnell klar, mit wem er da telefonierte, nämlich mit Fiona. Das Ganze hörte sich zunächst sehr souverän an. Dann erkannte ich aber eine Veränderung in seiner Art zu sprechen, eine Unsicherheit in seinem Redefluss, was dann damit endete, dass er die Verbindung voller Wut abbrach.

„Verdammte Schlampe."

Von seinem Adlatus ließ sich der aufgebrachte Sektenführer ein Notebook bringen, auf dem kurze Zeit später das Audiosignal für einen Mail-Eingang erklang. Dade sah sich die soeben eingetroffene Videosequenz an und konnte sich nur mit Mühe davon zurückhalten, das vor ihm liegende Gerät voller Wut an die Wand zu werfen. In einem scharfen Befehlston wies er seine beiden Mitarbeiter an, den Raum zu verlassen, sodass ich mich allein mit dem vor Wut schnaubenden Kirk in dem Zimmer befand.

Der Signalton seines Smartphones, bezeichnenderweise mit der Melodie des Songs, *I saw her face, now I'm a believer,* unterlegt, unterbrach kurze Zeit später die von seinem Zorn aufgeheizte Stille des Raums. Es war Fiona, die ihn angerufen hatte. Nur mühsam beherrscht, konnte er das Telefonat führen. Seinen Antworten entnahm ich, das der Gesprächsverlauf nicht in seinem Sinne verlief. Dennoch, es schien, als wenn die beiden schließlich zu einer Einigung gekommen wären. Er gab mir das Handy.

„Dein Flittchen möchte dich sprechen."

„Endlich. Du weißt gar nicht, wie gut es mir tut, deine Stimme zu hören. Diese Gangster haben mich nach dem Basketball-Match in Charleston entführt und nun hänge ich mich hier in einem hermetisch abgeschotteten Verlies in Tampa fest. Der reinste Horror."

Es sprudelte nur so aus mir heraus. Ich beschrieb Fiona meine missliche Situation und unterließ es nicht, auf die Gefahr hinzuweisen, in der auch sie sich befand; denn mit dieser Allmacht der Sekte konnte sie in dieser Tragweite ja nicht gerechnet haben. Es war mir völlig einerlei, ob Dade das nun mithören konnte oder nicht, ich brauchte ein Ventil, um meinen immensen Frust abzulassen. Fiona blieb erstaunlich gelassen und schaffte es im Verlauf des Gesprächs, mich zu beruhigen.

Ich erfuhr, was es mit dem kürzlich an Kirk gesandten Video auf sich hatte. Sie hatte ihren letzten, aber wichtigsten Trumpf ausgespielt: die Bilder von dem Mord an dem Privatermittler in Galveston. Sie teilte mir dann in wenigen Worten mit, wie es nun weitergehen sollte.

„Ich habe einen Deal mit Dade gemacht. Unterschreib ihm ruhig das Stück Papier. Morgen Nachmittag hole ich dich da unten ab. Ich werde mit einem Auto direkt vor den Eingangsbereich fahren. Steig aber erst ein, wenn ich dir ein Zeichen gebe. Das ist sehr wichtig, hörst Du? Alles Weitere besprechen wir später."

Kirk Dade hatte nicht den kompletten Verlauf des Gesprächs mithören können, aber er ahnte, was nun von ihm erwartet wurde, nämlich mich freizulassen, nachdem ich das Schriftstück unterschrieben hätte.

Die letzte Nacht bei den *Believers* verbrachte ich in einem komfortablen Gästezimmer. Nach einem mickrigen Frühstück unterschrieb ich dann das Schriftstück mit meiner Schuldanerkenntnis und schob es dem Religionsführer rüber. Zwei seiner Gehilfen brachten mich anschließend vor die Haupteingangstür der Zentrale, wo ich auf die mir wohl bekannte Gegend an der Hillsborough Bay blickte.

Der Berufsverkehr strömte in enormer Stärke auf der vierspurigen Straße an mir vorbei, als ich am Gehwegrand Fiona im fließenden Verkehr zu entdecken versuchte. Erst einmal gab es da nur Verkehrslärm ohne Ende, verstärkt durch von Sirenengeräuschen eines Feuerwehrkommandos, das sich langsam auf meinen Standort zubewegte. Auf der gegenüberliegenden

Fahrspur erkannte ich dann Fiona, die in einem Toyota Prius langsam die Straße entlangfuhr. Dann stoppten drei riesige Löschfahrzeuge der Feuerwehr mit voll eingeschalteten Alarmsignalen direkt vor dem Eingangsbereich des S.O.B.-Gebäudes, sodass sämtliche Aus-und Zufahrten zu dem Gebäudekomplex versperrt waren. Ich sah über die Straße. Fiona hatte blitzschnell gewendet und winkte mir nun hastig mit dem Arm zu. Das musste das Zeichen sein. Ich rannte über die Fahrbahn zu ihr hin, stieg eilig in den Toyota und wir verließen unverzüglich den Ort des Geschehens. Uns in dieser Situation mit einem Auto zu folgen war unmöglich. Die Einsatzfahrzeuge der Feuerwehr würden das gesamte Areal noch eine ganze versperren. Wir hatten allen Vorsprung haben, den wir benötigten.

„Das ist doch von Dir inszeniert. Nicht schlecht. Die kommen da so schnell nicht raus."

Fiona grinste, als ich mit meinem Daumen rückwärts in Richtung der vermeintliche Brandstelle zeigte.

Wir verließen Tampa ostwärts in Richtung Orlando. Bis zum dortigen Flughafen, so erklärte mir Fiona, würden wir ca. zwei Stunden benötigen.

„Schon wieder Flughafen? Ach du meine Güte, was hast Du nun schon wieder ausgeheckt?"

Ich war nach der letzten geruhsamen Nacht zwar mental zwar wieder voll auf dem Damm, hatte mich aber darauf gefreut, wenigstens ein paar Tage mit meiner Partnerin irgendwo entspannt in trauter Zweisamkeit verbringen zu können. Und nun schon wieder auf der Flucht.

„Keine Angst, wir fliegen nirgendwo hin. Ich habe zwar einen Flug für uns nach New York gebucht, den werden wir allerdings nicht antreten. Ist schon besser, eine falsche Fährte zu legen. Das muss einfach sein."

Sie hatte recht. Auch wenn Dades Bande uns letztlich irgendwie aufgespürt hatte, befänden wir uns jetzt ohne Fionas Verschleierungsmaßnahmen wohl in einer wesentlich unangenehmeren Situation. Ja, ich hatte unser Vorhaben durchaus noch parat, wir wollten nach Mexiko, zu ihrem Vater.

Auf dem Fluggast-Parkplatz von Orlando Airport stellten wir den Toyota ab, um einige hundert Meter weiter in einen unauffälligen dunkelroten Chrysler 200S zu steigen. Als wir das Flughafengelände von Orlando in nördlicher Richtung verließen, machte meine Freundin erstmals seit unserem Wiedersehen einen entspannten Eindruck. Sie beschrieb mir die vorgesehene Route und vergaß dabei auch nicht, einen Stopp in New Orleans zu erwähnen, wo wir dann endlich mal wieder ausgiebig Zeit für unsere ganz intimen Bedürfnisse haben würden.

Die Strecke nach nach New Orleans könnten wir in einer Tour schaffen. Dort wollten wir uns zwei oder drei Tage lang aufhalten, um dann nach El Paso im Westen Texas' zu fahren, wobei bis dorthin mindestens eine Übernachtung notwendig werden würde. El Paso wäre dann der Ort unseres Grenzübertritts nach Mexiko, in die benachbarte Stadt Ciudad Juarez, am gegenüberliegenden Ufer des Rio Grande del Norte.

Und wieder kam ich auf den Highway I-10, der inzwischen schon fast heimatliche Gefühle in mir auslöste. Merkwürdig, dass man zu einer Autobahn so etwas wie ein Beziehung aufbauen konnte. Ist mir mit der A1 zuhause nie passiert.

Fiona und ich hatten in unseren gesamten gemeinsamen Zeit nie Schwierigkeiten gehabt, miteinander zu kommunizieren. Und so war es auch auf dieser langen Fahrt durch den Süden der USA nicht anders, die Gesprächsthemen gingen uns nicht aus. Auf der Teilstrecke bis New Orleans erzählte sie mir unter anderem einiges über die Familie ihres Vaters, der aus jener Gegend stammte. Und so erfuhr ich bei dieser Gelegenheit Näheres über Vince Tulane, von dem ich im Grunde bisher nur wusste, dass er vor Jahren seine Frau und seine Tochter verlassen hatte.

Als junger Mann schien er ein Getriebener gewesen zu sein, aufgewachsen in einfachen Verhältnissen am Rande der Bayous nahe New Orleans. Er war der erste der Familie gewesen, der einen qualifizierten Schulabschluss erreichte und anschließend in der nahen Metropole New Orleans studierte. Der junge Vince war auf dem College ein Überflieger, dem der Lernstoff nur so zuflog und so hatte er keine Schwierigkeit, direkt nach dem Hochschulabschluss eine lukrative Anstellung als Marketing-Entwickler zu finden. Neben seiner enormen Kreativität verhalf dem äußerst lebensfrohen jungen Mann sein blendendes Aussehen, auch bei der Damenwelt in der einschlägigen Szene der Vergnügungsmetropole am Mississippi großen Erfolg zu haben. Sex and Drugs and Rock' n Roll, das war es, was den jungen Vince Tulane fast in den Untergang getrieben hätte. Aber der Sunnyboy hatte auch in dieser Lage Glück. Bevor er ernsthafte Probleme bekam, lernte er die junge Südstaaten-Schönheit Paola Quincy aus South Carolina kennen, die zu dieser Zeit Kunstgeschichte in New Orleans studierte. Für Beide war es die große Liebe ihres Leben. Die baldige Heirat und die Geburt ihrer Tochter Fiona gaben Vince eine ganze Weile Stabilität, bis sein starkes Verlangen nach sexuellen Ausschweifungen sein Familienleben zerbrechen ließ.

Fiona war als Kind einige Male in New Orleans gewesen, hatte aber seit Längerem keinen Kontakt mehr zur Familie ihres Vaters. Auch jetzt plante sie dort keinen Besuch und so nahmen wir uns ein Hotelzimmer in der Canal Street, nur wenige Gehminuten entfernt vom French Quarter, einem der schillerndsten Vergnügungsviertel der USA. Zwei Tage und Nächte vergnügten wir uns in den Bars und Clubs um die Bourbon Street herum. Ich hatte Fiona bislang als eine äußerst temperamentvolle, sinnliche Frau erlebt, aber hier in der Heimat ihres hedonistischen Vaters steigerte sich ihre Lebenslust noch einmal immens. Es wurden Tage und Nächte von unvergesslicher Intensität.

Was darauf folgte war eine unendlich scheinende Fahrt in Richtung Westen. Noch einmal elfhundert Meilen bis nach El Paso in Texas und nach Grenzübertritt von dort aus weitere neunhundert Meilen durch den zentralen Norden Mexikos bis an die Pazifikküste, nach Mazatlán. Irgendwo unterwegs habe ich mein

Gefühl für Entfernungen im riesigen Nordamerika verloren.

◆

Wir waren schon etwas nervös, als wir dicht vor unserem Ziel noch einmal eine Pause einlegten, in dem Restaurant des Hotels Belmar, an der berühmten Strandpromenade Mazatláns, dem Paseo Olas Altos. Das heutige Ambiente des Hauses ließ immer noch etwas von der alten Pracht aus lange vergangenen Zeiten ahnen, als sich hier ein bevorzugter Tummelplatz vieler Hollywood-Größen befand. Für uns war es ein geeigneter Ort, um nach einer schier unendlichen Fahrt durch die Wüstenlandschaft des nördlichen Mexikos, eine Erfrischung sowie ein leichtes Mittagsessen einzunehmen. Fiona sah mich etwas unsicher an, als sie mir ihre Gefühlslage schilderte.

„Bis Gestern war ich mir noch sicher, dass wir alles richtig machen. Aber jetzt? Ich weiß es einfach nicht, ob es tatsächlich das Richtige ist, einfach so bei meinem Vater reinzuplatzen. Ich hab überhaupt keine Ahnung, wie der reagieren wird."

So ganz unrecht hatte sie mit ihren Zweifeln nicht, aber ich wollte sie nicht noch mehr verunsichern und gab mich betont zuversichtlich.

„Ach was, du wirst sehen, das geht alles glatt über die Bühne. Vielleicht seid ihr beide anfänglich etwas nervös, aber der Alte wird sich ganz sicher freuen, seine Kleine endlich wiederzusehen. Vor allen Dingen, weil sie ja freiwillig bei ihm auftaucht. Und Du? Dir wird es auch guttun, glaube ich zumindest, euer Verhältnis zu normalisieren."

Trotz einiger Zweifel, wir wollten unser Vorhaben jetzt nicht mehr abblasen und machten uns nach der Mahlzeit auf den Weg zu der uns von ihrer Tante Carla genannten Adresse. Nach Auskunft des Kellners im Belmar war es dorthin nicht mehr weit, mitten in der Altstadt, in der Nähe der Kathedrale, und die war schon von weitem sichtbar.

Wir parkten direkt vor der Einfahrt des Hauses No. 12 in der Calle Angel Flores und klingelten an der Eingangstür des weiß getünchten Hauses. Es dauerte nicht lange und die Tür wurde geöffnet. Vor uns stand ein älterer Herr, der uns fragend ansah. Es war offensichtlich, dass Fiona in ihm nicht ihren Vater erkannte.

„Ja bitte, kann ich ihnen weiterhelfen?"

fragte der hochgewachsene alte Mann mit dem kurzgeschnittenen Silberhaar freundlich.

„Entschuldigen Sie bitte. Meine Name ist Fiona Tulane, ich hoffte, hier meinen Vater, Vince Tulane, anzutreffen."

„Die Tochter von Vince! Ich fass es nicht. Ich bin übrigens George Selleck, ein alter Freund deines Vaters."

Ein breites Lächeln legte sich auf seine Gesichtszüge, als er uns hereinbat. Im Wohnzimmer angekommen öffnete er die Tür zur Küche und rief:

„Becky, komm doch mal her, wir haben Besuch. Du wirst es nicht glauben, Vince' Tochter ist da."

Rebecca Selleck ließ sich nicht lange Zeit, den unerwarteten Besuch zu begrüßen. Und als sie Fiona erblickte, blieb sie vor Staunen erst einmal stumm, um uns dann umso herzlicher zu begrüßen.

„So was von ähnlich. Meine Güte, Kind, Du bist deinem Vater aber auch wie aus dem Gesicht geschnitten. Unglaublich, George, nicht wahr?"

Wir hatten zwar gehofft, von jemand anderem begrüßt zu werden, aber das hier war ersteinmal auch in Ordnung. Zwei sehr sympathische Menschen, die Freunde von Vince Tulane., mit denen wir uns bald total locker in ein Gespräch vertieft wiederfanden.

Abwechselnd erzählten uns die Beiden all das, was wir über Fionas Vater erfahren wollten. Er lebte seit einem knappen Jahr nicht mehr hier in der Stadt, sondern war zu seiner neuen Lebensgefährtin, einer Fotografin namens Dolores Murcia, nach Cabo San Lucas gezogen. Der Beschreibung nach ein bekanntes Seebad an einem anderen Küstenabschnitt des Mar de Cortez gelegen, auf der Halbinsel Baja California.

„Keine Angst, da kommt ihr ganz einfach hin. Entweder mit einer etwas umständlichen Flugverbindung oder aber mit der Fähre nach La Paz. Na, Vince wird Augen machen."

Wir erfuhren im weiteren Verlauf des Gesprächs, dass Vince Tulane nach der Trennung von seiner Familie in South Carolina mit seiner damaligen Geliebten zunächst in deren Heimatstadt Durango gezogen war. Aber auch hier währte die traute Zweisamkeit nicht lange. Der umtriebige Womanizer hielt es nicht lange bei ein- und derselben Frau aus und nach mehreren wechselnden Affären verschlug es ihn nach Mazatlán.

Und dann kam der Zufall ins Spiel. Er eröffnete hier in der Stadt eine Consulting Agentur für PR-Maßnahmen und traf anlässlich eines Empfangs der örtlichen Handelskammer seinen alten Freund George Selleck wieder. Diesen kannte er aus früheren Zeiten, als er für dessen früheren Arbeitgeber, eine Großbrauerei in Milwaukee, eine PR-Strategie entworfen hatte. Die beiden hatten sich seinerzeit angefreundet, sich aber später wieder aus den Augen verloren. Und hier an beider neuen Wirkungsstätte, George kreierte nach seiner Pensionierung zusammen mit einem Kompagnon in Mazatlán eine für Mexiko neuartige Bierspezialität, ein Weizenbier nach deutscher Brauart, kam es zu einem unerwarteten Wiedersehen. Die beiden Brauereiexperten entwickelten die inzwischen landesweit sehr beliebte Biermarke *Blanco Grande.* Tulanes geniale Marketingfähigkeiten passten gut dazu und trugen wesentlich zum Verkaufserfolg des Bieres bei.

„Ja, und bis August letzten Jahres lebte Vince hier bei uns."

Rebecca sprach dann offen aus, was allen in der Runde klar war.

„Fiona, dein Vater, hat nun mal einen Schwachpunkt. Dir erzähl ich damit ja nichts Neues. Aber seine Sprunghaftigkeit in Bezug auf Frauen hat ihm nun mal, vorsichtig ausgedrückt, nicht nur Vorteile eingebracht. Um so mehr freuen wir uns, dass seine neue Partnerin Dolores ihm in dieser Beziehung wohl eini-

ges abgewöhnt hat. Faszinierend, wie sie diesen Hallo-
dri domestiziert hat. Affären? Bei seiner Dolores null
Chance."

Die folgende Nacht verbrachten wir als Gäste der
Sellecks und machten uns am nächsten Tag in aller
Frühe auf den Weg zum Fährhafen Topolobampo, von
wo aus wir nach La Paz. übersetzten. Bis nach Cabo
San Lucas, an der äußersten Südspitze der Península
Baja California Sur, brauchten wir eine gute Stunde
mit dem Auto. Fiona war die Anspannung anzumer-
ken; denn bei Ankunft an unserem Ziel würde ihr
diesmal klar sein, auf wen sie da treffen würde. Wie
ihr Vater die Überraschung aufnehmen würde, wusste
keiner von uns beiden.

Aufgrund Georges genauer Wegbeschreibung hatten wir keine Mühe, das Haus am Strand auf Anhieb
zu finden. Es war in der Tat ein Schmuckstück von
Strandhaus, das sich in seinem Baustil angenehm von
den übrigen, gleichförmig sterilen Appartementhäu-
sern in dieser ansonsten so malerischen Bucht abhob.

Wenige Meter durch den hübsch angelegten Vorgarten, und schon waren wir an der Haustür. Nachdem
Fiona geklopft hatte, trat ich einige Schritte zurück, um
ihren vermutlich überraschten Vater nicht noch zusätzlich zu irritieren. Die Tür öffnete sich und Vater und
Tochter standen sich seit vielen Jahren das erste Mal
wieder gegenüber. Anfänglich hatten sie immense
Schwierigkeiten, zusammenhängende, klare Worte zu
finden.

„Ja. Ich bin's wirklich. Du siehst gut aus, Daddy."

„Danke. Ja sicher. Ich weiß nicht was ich sagen soll. Kommt selten bei mir vor, dass mir die Worte fehlen."

Danach wurde ich dann vorgestellt und Vince Tulane bat uns hinein. Ein behagliches Zuhause, das er hier bewohnte. Im Hintergrund war durch die geöffnete Terrassentür das bläulich schimmernde Meer und der Felsen El Arco zu erkennen. Allmählich legte sich die Anspannung bei Vater und Tochter und wir fanden uns schnell in einem angenehmen Gespräch wieder, zunächst reiner Small-Talk. Als ich dann merkte, dass das Thema mehr ins Familiäre abdriftete, ersann ich einen Vorwand, unter dem ich die beiden kurz verlassen konnte. Nach gut zwei Stunden kehrte ich von meinem Erkundungsgang am Strand mit anschließenden Restaurantbesuch zurück. Vater und Tochter unterhielten sich immer noch überaus intensiv, aber zu meiner Erleichterung lief das völlig entspannt ab. Wie ich später erfuhr, hatten die Zwei zwischendurch durchaus einige heftigere Wortscharmützel ausgetragen, kehrten aber immer schnell in ruhige Gewässer zurück.

Die Zeit verging wie im Fluge und nach einem leichten Abendessen setzten wir Drei uns nach Sonnenuntergang auf die Terrasse; Vince' Frau, Dolores, war beruflich auf dem Festland unterwegs. Unser Beisammensein ging natürlich nicht ohne mehrere Flaschen *Blanco Grande* vonstatten, das Weißbier, von dem George Selleck uns so vorgeschwärmt hatte. In der Tat, ein leckeres Getränk.

Bei Vince Tulane bedurfte es nicht der enthemmenden Wirkung des Alkohols. Auch ohne diesen war ein ausgesprochen unterhaltsamer Erzähler. Wir erfuhren nun den Teil seiner Lebensgeschichte nach der Trennung von Frau und Kind. Da kam nicht nur Erheiterndes ans Tageslicht, aber er schaffte es mit seiner charmanter Art immer wieder, die Erzählung insgesamt positiv zu gestalten.

„Da bin ich nun hier und sitz meiner großen Tochter gegenüber. Letztendlich hab ich viel Glück gehabt. Dolores kennenzulernen, vor allem. Beruflich läuft's auch gut, und dann das Haus hier. Es hätte schlimmer sein können."

Ein zufriedenes Strahlen lag auf den Gesichtszügen dieses auch in seinem Alter noch ansehnlichen Mannes. Und so erfuhren wir auch, wie er hier an dieses schmucke Anwesen gekommen war. Die Vorbesitzerin, eine gewisse Amanda Sander, war vor zwei Jahren gestorben und die Tochter der Sellecks, Linda Unger, die mit ihrem Mann Bert hier ganz in der Nähe wohnt, hatte diesen Kauf dann vermittelt. Amanda Sanders' Erben leben in Deutschland und konnten oder wollten das Haus nicht selber nutzen.

„Linda und Bert, ihr werdet sie sicherlich bald kennenlernen. Netter Typ, auch wenn er Deutscher ist."

Mit diesem leicht ironischen Flachs konnte ich gut umgehen. Es war faszinierend, auf welch charmante Art Vince Tulane selbst solche Lästereien rüberbringen konnte. Er ist eben einer von den Menschen, denen man so leicht nichts übelnimmt..

Vince erwies sich außerdem als guter Zuhörer. Mit

großer Aufmerksamkeit verfolgte er anschließend unseren Bericht. Wir mussten ja letztlich auf den eigentlichen Grund unseres Besuches kommen. Fiona und ich berichteten abwechselnd und wir sparten kein Detail aus.

„Absolut richtig, was ihr da vorhabt. Ich weiß über die S.O.B. einigermaßen Bescheid. Wie eine Krake sind die mit Politik und Wirtschaft verschlungen. Mit denen legt man sich besser nicht an. Ich glaube, ich kann euch da aber weiterhelfen."

Dann erzählte er uns von einem David Sloane, der hier in Region *der* Experte für Dokumentenfälschungen aller Art ist. In Mexiko ist für Geld so ziemlich alles möglich. Mit dem würde er uns zusammenbringen, allerdings würde das seinen Preis haben.

Wir trafen Sloane einige Tage später in einer Hotelbar in La Paz. Auf mich machte er einen etwas durchtriebenen Eindruck, aber er galt als sehr zuverlässig. Zunächst kassierte er eine hohe Anzahlung und bereitete uns dann auf die notwendigen Veränderungen unseres Aussehens vor. Für unser neues Dasein mussten wir uns äußerlich grundlegend verwandeln. Fiona musste sich dabei von ihren langen dunklen Locken trennen und färbte danach die extrem kurze Frisur hellblond. Ich mochte ihr neues Aussehen überhaupt nicht, obwohl ihr auch dieser Look gut stand. Mein dunkelblondes, wuscheliges Haupthaar verwandelte sich in einen schwarzen Kurzhaarschnitt, durchzogen von einigen grauen Strähnen. Ein Drei-Tage-Bart in ähnlicher Farbe und eine markante Hornbrille ließen keine Ähnlichkeit mehr zur vorherigen Erscheinung erkennen. Alles so perfekt, dass weder Vince uns wiedererkannte, noch David Sloane, als wir mit den erforderlichen Passfotos bei ihm erschienen.

Drei Wochen später erhielten wir unsere neuen Papiere. Pässe, Sozialversicherungsnachweise, Führerscheine und Kreditkarten, alles sah vollkommen perfekt aus. Sloane und seine amerikanischen Mittelsmänner arbeiteten mit den Daten verstorbener Personen, die keine lebenden Verwandten mehr hatten. Bei den Besonderheiten des amerikanischen Meldewesens konnte man mit den richtigen Maßnahmen Lebensläufe Verstorbener wieder aufleben lassen und komplett gegen die anderer Personen austauschen. Ein automatischer Abgleich von Personendaten zwischen verschiedenen Behörden fand in den USA nicht statt.

Aus Fiona wurde so Victoria Cassia aus Springfield in Illinois; ich verwandelte mich in Raymond Oats aus Omaha, Nebraska. Vicky und Ray, namenstechnisch hätte es schlimmer kommen können.

An das geruhsame Leben am Strand von Cabo San Lucas haben wir uns schnell gewöhnt. Fiona, oder neuerdings Victoria, hatte ohnehin ein Faible für das Meer. Mir als Schleswig-Holsteiner war ein Leben an der Küste zwar auch vertraut, aber aufgrund meiner speziellen Neigung, war ich völlig fasziniert von dem Hinterland dieser Gegend: Kakteen ohne Ende in einer Artenvielfalt, die einmalig auf der Welt ist.

Es gab allerdings immer noch einen Punkt, den wir für uns klären mussten, nämlich das endgültige Ende des Kapitel *Believers.* Mir selbst kam unsere Sicherheit im Schutz der neuen Identitäten absolut ausreichend vor. Vicky jedoch wollte einen Zustand erreichen, der zu hundert Prozent sicher wäre. Meine Einschätzung, mit der Videoaufzeichnung des Mordes genügend Druckmaterial gegen Dade in der Hand zu haben, teilte sie nicht.

„Und was ist, wenn wir das irgendwann einmal einsetzen müssen? Dann müssen wir raus aus der Deckung. Gut, vermutlich würde dann Big Kirk angeklagt werden. Die Organisation als solche ist aber mit deinem notariell beglaubigten Eingeständnis fein raus. Die killen uns, sobald wir uns öffentlich betätigen. Ich will einen Stresstest für unsere Tarnung."

So ganz konnte ich ihre Argumente nicht entkräften und wir beschlossen, mit unseren neuen Papieren in die USA einzureisen und uns direkt in die Höhle des Löwen zu wagen. Dazu wählten wir einen uns passenden Termin aus dem Veranstaltungskalender der alljährlichen großen Missionstour der S.O.B. Im nächsten Monat würden die *Believers* eine große Veranstaltung in Phoenix, Arizona abhalten, im dortigen Convention Centre. Daran würden wir teilnehmen. Zwei Tage vor dem Termin stiegen wir dort im nahegelegenen Hotel Hyatt Regency ab und erwarben zwei VIP-Tickets. Eine Frechheit, den Betrag von USD 250,00 pro Person für eine solche Werbeveranstaltung bezahlen zu müssen. Der Markt gab solchen Preis aber her und durch diese spezielle Eintrittskarte gelangt man in direkten Kontakt zum obersten Boss der Sekte.

Vorher mussten wir jedoch mehr als zwei Stunden lang das Geseire von Kirk Dade über uns ergehen lassen. Inmitten von über zweitausend begeistert mitgehenden Mitgliedern und sonstigen Sympathisanten erlebten wir erstmals wieder nach langer Zeit dieses ungeheure Spektakel. Über den Inhalt konnten wir beide nur grinsen, zu gut wussten wir, was hier wirklich abläuft. Eine gigantische Geldbeschaffungsmaschine drang in die Gehirne der Zuhörer. Bei aller Abneigung gegen den Demagogen Dade, was der der hier an Propagandapotential an den Tag legte, war sensationell.

Nach Ende der großen Show wurden Spenden eingesammelt; die Inhaber von VIP-Karten wurden zum Buffet in einen gesonderten Saal geschleust. Vorher hatten sie noch die Gelegenheit, das für USD 45,00 zu erwerbende neue Werk des großen Vorsitzenden von diesem persönlich signieren lassen. Dazu reihten wir uns in die lange Schlange der Wartenden ein. Bereits in diesem Bereich sind wir den dort tätigen Assistenten des großen Meisters sehr nahe gekommen, wie zum Beispiel Dudley Fern, dem zweiten Mann der Kirche. Den und andere kannten Victoria und ich aus unserer aktiven Zeit in der Zentrale sehr gut. Aber sie erkannten uns nicht mehr. Ein Handschlag, ein kurzer Blick, wenige Worte des Danks und schon wurden wir weiter gereicht. Zum Boss selber musste man dann einige Stufen aufsteigen, bis man an den mächtigen Tisch kam, hinter dem er thronte, umgeben von seiner Aura und riesigen Stapeln von Büchern. Victoria war vor mir an der Reihe. Sie sah unserem Widersacher direkt in die Augen. Ob da eine Spur von Erkennen war, merkte man ihm nicht an. Er lächelte nur und fragte:

„Für wen solch ich signieren?"

„Für Victoria, bitte!"

Nach vollzogener Unterschrift richtete er seinen mächtigen Körper leicht auf und reichte ihr das Buch zurück. Als Vicky sich ein wenig seitlich drehte, ertönte ein scharfer Knall hinter uns, zweifelsfrei ein Schuss aus einer großkalibrigen Handfeuerwaffe. Wir sahen das kreisrunde Loch auf der Stirn Kirk Dades, aus dem ein immer stärker werden Blutstrahl floss. Ein ungläubiger Blick aus den Augen des 'Ober-Believers' und dann sackte er in sich zusammen. Das Letzte, das er in seinem Leben vor sich gesehen hatte, war das Gesicht seiner großen Widersacherin, Fiona(Victoria) Tulane. Bei allem Entsetzen über das sich hier abspielende Ereignis fiel mir spontan die Zeile seines Lieblingssongs ein: *I saw her face, now I'm a believer.* Keine Ahnung, in was sich die Seele eines solchen Verbrechers nach seinem Tod verwandelt. Ich murmelte nur, „Fahr zur Hölle, Big Kirk."

Im darauf folgenden Tumult wurde die Todesschützin schnell dingfest gemacht. Es war Ronda Vaughn, Fionas Vorgängerin als IT-Expertin bei der S.O.B., deren Freund Jerome Rampart von Dade auf ähnliche Art in Galveston erschossen worden war und die später untergetaucht war.

.

Epilog

Der Felsenbogen El Arco in Cabo San Lucas am südlichen Ende der Halbinsel Baja California ist nur noch undeutlich im diffusen Abendlicht zu erkennen. Es kehrt allmählich wieder Ruhe an dem tagsüber turbulenten Strand vor meiner Terrasse ein, wo ich üblicherweise den Abend mit einem kühlen Getränk einleite. Dabei lasse ich mich von dezenter Musik berieseln. Dieses Ritual genieße ich jeden Abend, den ich hier verbringen kann. So manches Mal schweife ich dann in wehmütiger Stimmungslage auf Erlebnisse vergangener Zeiten ab. Oft denke ich daran, wie ich im Gefühl der absoluten Freiheit durch den Südwesten der USA geradelt bin, unter dem Motto *Freedom is just another word, for nothing left to loose.*

Inzwischen stelle ich fest, dass es mir heute materiell erheblich besser geht als damals, im Leben als Tramp. Aber das bedeutet keineswegs mehr Freiheit, ganz im Gegenteil; denn heute hätte ich eine Menge zu verlieren.

Seit ungefähr einem Jahr wohnen meine Frau Victoria und ich mit unserer kleinen Tochter Paola hier in dem früheren Haus Amanda Sanders'.Häuschen. Es war nach dem unruhigen Leben der vergangenen Jahre unser beider Wunsch gewesen, uns in Mexiko niederzulassen. Von großem Vorteil für uns war es, dass

Victorias Vater, ebenso wie seine Frau Dolores, des ruhigen Lebens ein wenig überdrüssig, beschlossen hatten, sich einen anderen Lebensmittelpunkt zu suchen. Sie lösten ihren Hausstand hier in Cabo auf und zogen für zunächst ein Jahr nach Costa Rica, wo es ihnen allem Vernehmen nach bislang sehr gut gefällt. Wer weiß, was für diese zwei unruhigen Geister als nächstes folgt. So kam dieses Anwesen in unseren Besitz.

Außer unserem privaten Glück geht es uns auch beruflich gut. Vicky ist hier vor Ort als freiberufliche IT-Beraterin tätig und ich kann hier meiner Leidenschaft, der Kakteenzucht, perfekt nachgehen. Traumbedingungen für mich als Gärtner, beste Bedingungen für Tropenpflanzen jeglicher Art und auf dem selben Grundstück gibt es geeigneten Boden für meine Lieblingspflanzen, die Kakteen. Zusätzlich begleite ich hin und wieder bei Bedarf Kunden unserer Nachbarn, Linda und Bert Unger, die von Cabo aus Touristen betreuen, wenn diese ein spezielles Interesse an den hier vielfältigen vorkommenden Kakteen haben. Finanziell unabhängig sind wir ohnehin. Und außer dem beachtlichen Rest aus dem 'Geschäft' mit Kirk Dade habe ich eine zusätzliche Einkommensquelle erschlossen.

Das Verfahren zur Pflanzenbewässerung bei Abwesenheit, das ich vor vielen Jahren in Deutschland mit den unzureichenden Fähigkeiten eines Hobbybastlers aus finanziellen Gründen nicht weiter vorantreiben konnte, habe ich hier weiterentwickelt. Mit Unterstützung des Marketinggenies Vince Tulane konnten wir den koreanischen Unternehmer Ung Son für meine

Idee gewinnen. Dieser international sehr erfolgreich tätige Geschäftsmann verbesserte den Prototyp des von mir entworfenen Geräts und brachte es in die industrielle Serienfertigung. Unter dem Markennamen *HOME ALONE®* ist diese Bewässerungshilfe weltweit bei Reisenden ein Begriff, die sich während ihrer Abwesenheit nicht um das Wässern ihrer Pflanzen kümmern können.